瓊美卡隨想錄

木心作品集

1985年攝

寫作時，住於紐約東陬的瓊美卡。

意大利的朱塞培・托馬西・迪・蘭佩杜薩（Giuseppe Tomasi di Lampedusa）出身沒落貴族家庭，世界大戰期間為陸軍軍官，1925年退伍，從此僑居國外，以此方式表示蔑視法西斯政權。第二次大戰後他有了寫小說的念頭，三年內寫成一部長篇、數個短篇，就遽然長逝。評論家為之定位於當代最偉大作家之列。著名短篇《Lighea》，是介乎現實與超現實之間的小說，憤世嫉俗，孤芳自賞，蓋與中國的末代貴冑王孫頗為相似，貴族到了沒落階段，益發顯得貴，因為能見其優雅沒落。日昨重閱《莉海婭》，覺得有兩首詩意夾在小說中很委屈似的，便挑出來試加韻治，耗費一夜晚，我想是值得的。並非自己喜歡這兩首詩，只以為這是兩首詩。尤以第二首的後半，寫的時候很愜意，可惜短，是無法長的，一長就要遭繆斯的白眼，我怎敢惹惱她。

手跡

編輯弁言

木心的文章總是空襲式的，上世紀八〇年代他的《瓊美卡隨想錄》、《溫莎墓園》、《即興判斷》……曾那樣空襲過台灣不同世代即使最挑剔的讀者。一如葉公好龍，神龍驟臨，讓我們驚駭、感激、困惑、羞慚……像舉手遮眉抬頭望向天際，這些穿透二十世紀的文明劫滅或藝術心靈墮壞的灰色長空，如自在飛花，卻又如旋風如光燄爆炸的詩句，究竟從何而來？

他像是來自遙遠古代的墜落神祇——在某個意義上說，木心的那個世界，那個精緻的、熠熠為光的、愛智的、澹泊卻又為美為精神性叩問而騷亂的世界，在他展開他那淡泊、旖旎的文字卷軸時，早已崩毀覆滅，「世界早已精緻得只等毀滅」——他像一個孤證，像空谷跫音，像一個「原本該如是美麗的文明」之人質。有時悲哀沉思，有時誠懇發脾氣；有時嘿笑如惡童，有時演奏起那絕美故事，銷魂忘我；有時險峻刻誚，有時傷懷綿綿。

我們閱讀木心，他的散文、小說、詩、俳句、札記，如織如梭，難免被他那不可思議廣闊的心靈幅展而顫慄。我們為其全景自由的洞見而激動而豔羡，為其風骨儀態而拜倒而自愧。他是結結實實的懷疑主義者；他博學狡猾如狐狸，冷眼人世，似與老莊、希臘賢哲、魏晉文士、蒙田、尼采、龐德、波赫士……在一穿過人類文明曠野的馬車，蹦跳恣笑、噴煙吐霧；卻又古典柔慈在童年庭園中，以他超前二十世紀之新，將那裏脅著悠緩人情，戰爭離亂，文明劫毀之前的長夜，某些哲人如檻中困獸負手踱室，卻一臉煥然的光景，像煙火燒燎成一個個花團錦簇的夢。

此次印刻出版社推出之「木心作品集」，是目前為止海峽兩岸木心文集最完整之版本，其中《詩經演》一部，應可一慰讀者渴慕之情。哲人已逝，這整套「木心作品集」的面世，對我們，或如漫遊一整座諸神棲止的嘸語森林，一部二十世紀心靈文明墮敗與掙跳，全景幻燈，摺藏隱喻於他翩翩詩句中的整齣《紅樓夢》。

目錄

輯三

輯一

如意

生活如意而豐富——這樣一句，表達不了我之所思所願；我思願的乃是：

集中於一個目的，作種種快樂的變化。

或說：

許多種變化著的快樂都集中在一個目的上了。

迎面一陣大風，灰沙吹進了凱撒的眼皮和乞丐的眼皮。如果乞丐的眼皮裡的灰沙先溶化，或先由淚水帶出，他便清爽地看那凱撒苦惱地揉眼皮，拭淚水。

之前，之後，且不算，單算此一刻，乞丐比凱撒如意。

世上多的是比凱撒不足比乞丐有餘的人，在眼皮裡沒有灰沙的時日中，零零碎碎的如意總是有的，然而難以構成快樂。

因而我選了一個淡淡的「目的」，使許多種微茫的快樂集中，不停地變化著。

劍柄

一味沖謙自牧，容易變成晦黯枯涸。終身狂放不羈，又往往流於輕薄可笑。

沖謙而狂放的人不多。

謙狂交作地過一生是夠堂皇的。

「忘我」之說，說而不通。應是：論事毋涉私心意氣謂之謙，命世不計個人得失謂之狂。這樣的謙狂交作是可愛的，可行的。

不謙而狂的人，狂不到哪裡去；不狂而謙的人，真不知其在謙什麼。

拜倫以天才自命，以不多讀書自詡。後來在他的故居，發現許多書上密密麻麻地注滿他的感想、心得——拜倫的字跡是很容易辨認的。

再者，我們比劍術，比槍法——執筆行文間之所以引一「我」字，如劍之柄，似槍之扣，得力便可。

不可以劍柄槍扣炫人，何可以劍柄槍扣授人。

我友

中國古代人，能見於史冊的，我注目於莊周、屈原、嵇康、陶潛、司馬遷、李商隱、曹雪芹……他們的品性、才調，使我神往。我欽羨的另一大類：季札、樂毅、孫武、范蠡、謝安、張良、田興……他們的知人之明，極妙；自知之明，妙極。孫臏沒有及早看透龐涓，是笨了三分（笨不起哪）。田興則聰明絕頂，朱元璋哄不了他，請不動他，只好激之以「再不來的，不是腳色」（流氓口氣活現）。腳色田興來了；話舊旬餘，朱贈金銀，田概受不辭。出得宮來，悉數散與平民百姓，孑身飄然而去。

美哉田興！

季札的掛劍而去，也是最高的瀟灑——美哉季札！

瀟灑是這樣的瀟灑，現代時裝公司廣告上的瀟灑是指衣服裁剪得好。

試看古瀟灑，值得頻回首。

王者

登金字塔，埃及屬於我。彳亍拜旦隆的八柱間，雅典臣伏在我足下。小坐巴黎街頭咖啡店的椅子上，法蘭西為我而繁華。那胡夫法老，那伯律柯斯，那路易十四，都不知後來的王者不煩一兵一卒，長驅直入，笑談於深宮、要塞、兵家必爭之地，享盡風光，揚長而去——旅行家萬歲！

凱撒說：

「我來，我見，我勝。」

什麼叫「勝」，還不是被謀殺了。即使避過謀殺，威福綿綿，長壽，啊長壽？長壽的意思是年命有限。

如果說：「我來了，我見了，我夠了。」這倒還像話。

凡是像話的話，都不必說——那就不說。

夕陽照著威尼斯的太息橋，威尼斯的船夫多半是大學生。

圓滿

生命的兩大神祕：欲望和厭倦。

每當欲望來時，人自會有一股貪、饞、倔、拗的怪異大力。既達既成既畢，接著來的是熟、爛、膩、煩，要拋開，非割絕不可，寧願什麼都沒有。

智者求超脫，古早的智者就已明悉不幸的根源，在於那厭倦的前身即是欲望。若要超脫，除非死，或者除非是像死一般活著。

以「死」去解答「生」——那是什麼？是文不對題，題不對文。

近代的智者勸解道：「欲望的超脫，最佳的方法無過於滿足欲望。」

這又不知說到哪裡去了，豈非是只能徇從，只能屈服。

「問余何適，廓爾忘言。

花枝春滿，天心月圓。」

此一偈，好果然是好極了，然而做不到三天的圓滿，更何況永恆的圓滿。

心臟

十字軍行過了。宗教裁判退庭了。鬥獸場空著。奴隸市集取締久矣。拿破崙最後變成女人。希特勒剩下一片假日記的風波。鬥牛呢，還可以到西班牙去看貨真價實的鬥牛，那過程之長，之慘烈，不是目睹，無法想像。梅里美先生的報告文學太風雅，也許當年確乎如此；等到我去西班牙嘗試風雅時，惹了一身惡俗，我居然會頻拭手心的冷汗看到人牛兩亡，熱風吹散血腥味——我恨西班牙，不管你孕育了多少個哥雅、畢卡索，你為何還要鬥牛。

又想起「馬雅文化」的神祕沒落。

那血淋淋的祭奉，什麼意思呢，天神要這鮮紅的跳動的心臟做什麼——人類對太奇怪的事，會不覺得奇怪。

對那些並不奇怪的事倒咄咄稱奇，大驚小怪。

將醒

剛從睡夢中醒來的人，是「人之初」。

際此一瞬間，不是性本善也非性本惡，是空白、荏弱、軟性的脫節。

英雄的失策，美人的失貞，往往在此一瞬片刻。是意識和潛意識界線模糊的一瞬，身不由己的片刻。

人的寬厚、澆薄、慷慨、吝嗇，都是後天的刻意造作。從睡夢中倏然醒來時，義士惡徒君子小人多情種負心郎全差不多，稍過一會兒，區別就明明顯顯的了。

然而高妙的戰略，奇美的靈感，也往往出此將醒未醒的剎那之間，又何以故？

那是夢的殘象猶存，思維的習性尚未順理成章；本能、直覺正可乘機起作用，人超出了自己尋常的水平——本能、直覺，是歷千萬年之經驗而形成的微觀智慧，冥潛於靈性的最深層次，偶爾升上來，必是大有作為。

宏偉、精彩的事物，都是由人的本能直覺來成就的。

若有神助，其實是人的自助——這無疑是可喜的。不過不要太高興。

呼喚

英國得天獨厚的是文學之光華，一個莎士比亞足可使英國永遠亡不了國。

英國文學家之多、之大、之了不起，使英國人不以少出畫家少出音樂家為憾，他們安心認命，反正英國文學是舉世無敵蓋世無雙的了。

詩人的哈代倒平常，小說家的哈代是偉大的。這不用我說，但我要說，讚美哈代是我的天職，是仁，是不讓的。

哈代說：

「呼喚者與被呼喚者很少互相答應。」

此一語道出了多少悲傷，道破了多少人間慘史。

耶穌在十字架上的絕叫，冉・達克在火堆上的哀吁，都包括在哈代這句話中，雖然哈代並沒有這層意思。

話說出後，與說話的人的初衷不相關了。耶穌和冉・達克是在哈代這句話中，而且是主位，其次才是那迂迴行過的為愛情而生而死的淒迷男女。

休息

聽三百多年前的人談論種種塵世事題，感到三百多年的變化，橫梗在我與培根之間——弗蘭西斯・培根之言，已未必盡然。

唯獨培根的分析「嫉妒」，透徹無遺，信達而雅，生於培根以後的人，關於「嫉妒」，就這樣聽他說說，自己想想，大家聊聊，夠了——我佩服他，佩服得身心愉快；因為本來就是巴望那世上的一樁樁糊塗事，能夠一樁樁弄清楚。

「在人類的一切情欲中，恐怕要算嫉妒最頑強最持久的了，所以說，嫉妒心是不知道休息的。」

如有人問及：「那麼嫉妒又是什麼呢？」……我起身從書架抽出培根的文集，給提問者——我坐下，休息。

除此

我原先是從來不知疲倦的，眼看別人也都是不知疲倦的。
一天，我忽然疲倦了，眼看別人也都是疲倦了，疲倦極了。
我躺著，躺著想，天堂是怎樣的呢，在天堂裡走一天，脫下來的襪子，純粹是玫瑰花的香味。
天堂無趣，有趣的是人間，唯有平常的事物才有深意，除此，那是奧妙、神祕。奧妙神祕，是我們自己的無知，唯有奧妙神祕因我們的知識而轉為平常時，又從而有望得到它們的深意。

土耳其的旗子上有一彎新月，這就對了。
耶穌的父親實實在在是羅馬人，這就對了。

無關

華格納的音樂不是性感的常識劇情，是欲與欲的織錦，非人的意志是經，人的意志是緯，時間是梭，音樂家有奇妙的編纂法，漸漸就豔麗得蒼涼了，不能不縹緲高舉，波騰而去。被遺棄的倒是纍纍肉體，快樂而絕望的素材——自來信仰與悔恨成正比，悔恨是零亂的，整齊了，就是信仰。

因為有一位未曾晤面的朋友說：「華格納的音樂無疑是性感的。」使我念及是否再為華格納稍作言詮，以安華格納在天之靈，以明我等聆受華格納音樂者的在地之心。

另有一位朋友是英才早展的詩人，他最近寫了：「……那載著往事歌劇之輪船／哦，冉冉升笛。」我又感到豔麗而蒼涼了，十分讚美——那是與華格納無關的。

爛去

人類的歷史，逐漸明瞭意向：

多情——無情。

往過去看，一代比一代多情；往未來看，一代比一代無情。多情可以多到沒際涯，無情則有限，無情而已。

可怕還在於無情而得意洋洋，蒙娜麗莎自從添配了威廉鬍髭以後，就此顛之倒之，最近在紐約街頭捧賣報刊，而地車站上，大衛新任推銷員，放下投石器，抱起一只最新出品的電吉他。

當人們一發覺褻瀆神聖可以取樂取寵，就樂此寵此不疲了，不會感激從前的人創造了這麼多可以供他們褻瀆的素材。

是故未來的人類會怎麼樣，並非窅渺不可測，「無情」而已。從多情而轉向無情就這樣轉了，從無情而轉向多情是……以單個的人來看，沒有從無情者變為多情者的，果子一爛，就此爛下去。

問誰

人文主義，它的深度，無不抵於悲觀主義；悲觀主義止步，繼而起舞，便是悲劇精神。

毋庸諱言，悲觀主義是知識的初極、知識的終極，誰不是憑藉甘美的絕望，而過盡其自鑑自適的一生。

年輕的文士們，一個一個都很能談，談得亮亮的，陳列著不少東西——冰箱！這些人真如冰箱，拉開門，裡面通明，關了，裡面就黑暗。冷著。

我們最大的本領，不過是把弄糟了的事物，總算不惜工本地弄得差強人意了些——沒有一件事是從開始就弄得好好兒的。

也有人認為一切都可以化作乖覺的機器，或者更原始樸素些，把人群分類，像秤鈕、秤鉤、秤桿、秤錘那樣搭配起來，就行了。

這樣搭配起來的「秤」，用來秤什麼呢？秤「幸福」。

就算秤幸福吧，秤幸福的「秤」，即是幸福嗎。

你問他，他問我，我問你啊。

敗筆

新鮮的懷疑主義者把宿舊的懷疑主義者都懷疑進去了。像愛默生那樣是多麼脆嫩的懷疑主義者啊。Transcendentalism 其實是一種推諉。

「結結實實的懷疑主義者」這頂枯葉綴成的桂冠，是否奉給蒙田，尚未決定。

蘇格拉底，不予置評。

寧可讓這頂桂冠懸浮在空中，宛如一只小飛碟。

蒙田臨終時，找神父來寢室，什麼，還不是做彌撒。

蘇格拉底到最後，說了一句千古流傳的不良警句，託朋友還個願心，欠神一隻雞。

此二史實（彌撒、還願），都是西方「懷疑世家」列傳中的傷心敗筆。

隨俗，無限大度，以徇順來作成脫略，能算是瀟灑嗎？

真奇怪，什麼事都有節操可言，達節、守節、失節，一個懷疑主義者的晚年的失節之悲哀，悲哀在他從前所作的「懷疑」都被人懷疑了。

敗筆決不能再改為神來之筆。

遲遲

然而在許多讀者之中的許多讀者是手裡拿著玫瑰花的。玫瑰花是新鮮的。

一眼看透威廉•莎士比亞，一語道破列夫•托爾斯泰，那就最好，那就好了。

我想，我想有一天，老得不能再老，只好派人去請神甫來。神甫很快就到，我說，我倚枕喘然說：「不不，不是做彌撒，您是很有學問的，請您讀一段莎士比亞的詩劇，隨便哪一段，我都不能說已經看過了的。」

神甫讀了羅密歐與茱麗葉的陽臺對話，我高興地謝了，表示若有所悟。

然後請他講托爾斯泰的故事，神甫傳達了尼古拉維奇最後出走的那一夜，很冷的冬夜，帽子也不小心跌掉了，我很驚訝：「真的嗎，真是這樣的嗎？」

神甫說：

「真是這樣的。」

走了

昨夜，我還猶如湯姆斯・哈代先生那樣地走在荒原上，蔓草中的金雀花快樂而無畏，一起叫道：

「詩人來了！」

我回頭眺望，沒見有誰出現，遠處有許多白霧。

平平安安過完十八、十九世紀已非容易，二十世紀末葉還活著步行到艾格敦荒原來，不高興也得裝得高興。

真有烏斯黛莎嗎，真有黛絲嗎，那紅土販子懷恩也真可愛，而玖德，瀕死的熱病中披了毯子冒雨登山去赴約……把哈代害苦了……擱筆了……我止步而回身。

「詩人走了！」

蔓草中的金雀花又嚷成一片，這次才知道它們有意挑逗，寫寫詩就叫詩人，喝喝茶喝喝咖啡就叫茶人咖啡人麼，蔓草中的金雀花啊。

出魔

傳記、回憶錄，到頭來不過是小說，不能不，不得不是寫法上別有用心的小說，因為文學是不勝任於表現真實的，因為真實是沒法表現，因為真實是無有的。

最好的藝術是達到魔術的境界的那種藝術。

一群魔術家在陽臺下徘徊不去，聲聲吆喚：

「出來啊，讓我們見見面哪！」

之所以不上陽臺是因為我正在更衣，更了七襲，都不稱心……

我全身赤裸地站在陽臺上，二十個氣球圍住了我，三隻白鴿交替在我頭頂下蛋──與魔術家們周旋就是這樣諧樂。

與魔術家們周旋就是這樣短暫。

我沒有傳記、回憶錄，沒有能力把藝術臻於魔術的境界，魔術家們沒有到我的陽臺下來吆喚。

世界上曾有九種文化大系，阿拉伯的曾被號為「魔術文化」，已經是過去很久的事了。那「一千零一夜」在其本土被列為「淫書」而遭禁後，阿拉伯只剩下1234567890，怪純潔可愛的。

筆挺

上帝造人是一個一個造的，手工技術水準極不穩定，正品少之又少，次品大堆大攤。

那時我還是行將成為次品的素材，沒有入眶的眼珠已能悄悄偷看——祂時而彎腰，時而直背、時而搥搥腰背，忙是真的忙個不停。

前面的一個終於完工。上帝造我先造頭顱，在橢圓形上戳七個洞……眼珠捺入眼眶，眼瞼就像窗簾那樣拉下，什麼都看不見。

紅紅的。

來到人間已過了半個多世紀，才明白老上帝把我製作得這樣薄這樣軟這樣韌這樣統體微孔，為的是要來世上承受名叫「痛苦」的諸般感覺。

我一直無有對策，終於——不痛苦了！

老上帝顯然吃驚，伸過手來摸摸我的胸脯：

「就這樣？不痛苦了？」

我站得筆挺：

「就這樣，一點也不痛苦。」

綴之

窗外的天空藍得使人覺得沒有信仰真可憐，然而我所見所知的無神論者都是不透徹的。

上帝是無神論者，上帝必是無神論者，上帝信仰誰，上帝是沒有信仰的。沒有皈依，沒有主宰，這才是透徹的無神論者。

那些崇拜上帝的人，竟都不知是在崇拜無神論。

尼采為此而寫了一本言不能過其實的書，今補綴之。

宗教始終是信仰，哲學始終是懷疑，曾經長時期地把信仰和懷疑招攬在一起，以致千百年混沌不開。從宗教家一動懷疑就形成叛逆這點事實看來，宗教是不可能做推理研究的。而從哲學家一萌信仰即顯得癡騃這個症狀而言，哲學又何必要妄自菲薄，去乞求神靈的啟示。

二者皆不足奇，前者尤不足奇，後者至多奇在曾有那麼多聰明絕頂的人，竟去攀緣茫茫天梯，平素事事發問而獨獨不問自己何以委身於這個一成不變的福利觀念。

無神論亦因人而異。無神論已敝舊了，人還可以新鮮。新鮮的人的無神論是新鮮的。

尖鞋

一個人，在極度危難的瞬間，肉體會突然失去知覺，例如將要被強行拔指甲，倏地整條臂膊麻木了。二次大戰時納粹的集中營裡的猶太俘虜，就曾經發生過這種現象——是心理與生理至為難得的冥契吧——簡直是一種幸福。

這奇蹟，一次也沒有發生在我的臂膊上、心靈上、頭腦上。在積水的地牢裡我把破衫撕成一片片，疊起來，紮成鞋底，再做鞋面，鞋面設洞眼，可以綴帶。這時世界上（即城市的路上）流行什麼款式呢，我終於做成比較尖型的。兩年後，從囚車的鐵板縫裡熱切地張望路上的行人，凡是時髦的男女的鞋頭，都是尖尖的——也是一種幸福。我和世界潮流也有著至為難得的冥契。金字塔、十字架、查理曼皇冠、我的鞋子，是一回事中的四個細節，都是自己要而要得來的。我便不多羨慕那條將要被強行拔指甲而突然整個兒麻木的臂膊了。

我已經長久不再羨慕那條猶太人的臂膊了。

輯二

噍語

別的，不是我最渴望得到的，我要尼采的那一分用過少些而尚完整的溫柔。

李商隱活在十九世紀，他一定精通法文，常在馬拉美家談到夜深人靜，喝棕櫚酒。

莎士比亞嗎，他全無所謂，隨隨便便就得了第一名。幸虧藝術上是沒有第一名的。

吳文英的藝術年齡很長，悄悄地綠到現代，珍奇的文學青苔。

拜倫死得其所死得其時，雞皮鶴髮的拜倫影響世界文學史的美觀。

過多的才華是一種危險的病，害死很多人。差點兒害死李白。

竟是如此高尚其事，荷馬一句也不寫他自己。先前是不談荷馬而讀荷馬，後來是不讀荷馬而談荷馬。

如果抽掉杜甫的作品，一部《全唐詩》會不會有塌下來的樣子。

但丁真好，又是藝術，又是象徵。除了好的藝術，是還要有人作好的象徵。有的人也象徵了，不好。

歌德是豐饒的半高原，這半高原有一帶沼澤，我不能視而不見，能見而不視。

嵇康的才調、風骨、儀態，是典型嗎？我聽到「典型」二字，便噁心。

在我的印象中，有的人只寫，不說話，例如大賢大德的古斯塔夫・福樓拜。永恆的單身漢。

我試圖分析哈代的《黛絲》的文學魅力，結果是從頭到底又讀了一遍，聽見自己在太息。

在決定邀請的名單中，普洛斯佩・梅里美先生也必不可少，還可以請他評評各種食品。

紀德是法蘭西的明智和風雅，有人說他不自然，我一笑。何止不自然……

津津樂道列夫・托爾斯泰矛盾複雜的人，他自己一定並不複雜矛盾。

《老人與海》是傑作，其中的小孩是海明威的一大敗筆。

許多人罵狄更斯不懂藝術——難怪托爾斯泰鍾情於狄更斯，我也來不及似地讚美狄更斯。

還有，像杜思妥也夫斯基的那種誠懇，只有杜思妥也夫斯基才有。

莊周悲傷得受不了，踉蹌去見李聃，李聃哽咽道：親愛的，我之悲傷更甚於爾。

如果法蘭西終年是白夜，就不會有普魯斯特。

睿智的耶穌，俊美的耶穌，我愛他愛得老是忘了他是眾人的基督。

如果說風景很美，那必是有山有水，亞里斯多德是智慧的山智慧的水。

蒙田，最後還是請神父到床前來，我無法勸阻，相去四百年之遙的憾事。

論悲慟中之堅強，何止在漢朝，在中國，在全世界從古到今恐怕也該首推司馬遷。

如果必得兩邊都有鄰居，一邊先定了吧，那安安靜靜的孟德斯鳩先生。

塞萬提斯的高名，出乎他自己的意料，也出乎我的意料，低一點點才好。

布拉姆斯的臉，是沉思的臉，發脾氣的臉。在音樂中沉思，脾氣發得大極了。

時常苦勸自己飲食，睡眠。李奧納多・達文西。

康德是個榜樣，人，終生住在一個地方，單憑頭腦，做出非同小可的大事來。

真想不到俄羅斯人會這樣的可愛，這了不起的狗崽子兔崽子普希金。

別再提柴可夫斯基了，他的死……使我們感到大家都是對不起他的。

阮嗣宗口不臧否人物，筆不臧否人物——這等於入睡在罐裡，罐塞在甕裡，甕鎖在屋子裡。下大雨。

在西貝流士的音樂中，聽不出芬蘭的稅率、教育法、罰款條例、誰執政、有無死刑。藝術家的愛國主義都是別具心腸的。

老巴哈，音樂建築的大工程師，他自我完美，幾乎把別人也完美進去了。

「所以嵇中散，至死薄殷周」，晉代最光曄的大隕星，到宋朝又因一位濟南女史而亮了亮，李清照不僅是人比黃花瘦。

莫札特除了天才之外，實在沒有什麼。

莫札特的智慧是「全息智慧」。

貝多芬在第九交響樂中所作的規勸和祝願，人類哪裡就擔當得起。

他的琴聲一起，空氣清新，萬象透明，他與殘暴卑汙正相反，蕭邦至今還是異乎尋常者中之異乎尋常者。

海明威的意思是：有的作家的一生，就是為後來的另一作家的某個句子作準備。我想：說對了的，甚至類同於約翰與耶穌的關係。

本該是「想像力」最自由，「現實主義」起來之後，想像力死了似的。加西亞・馬奎斯又使想像力復活——我們孤寂了何止百年。

當愛因斯坦稱讚起羅曼羅蘭來時，我只好掩口避到走廊一角去吸菸。

有朋友約我同事多瑪斯・阿奎納的《神學大全》的研究，我問了他的年齡，又問了他有否作了人壽保險。

唯其善，故其有害無益的性質，很難指陳，例如一度不知怎的會號稱法國文壇導師的羅曼羅蘭。

那天，司湯達爾與梅里美談「女人」，司湯達爾占上風，說梅里美壓根兒不會寫女人。然而單一個《卡門》，夠熱，大熱特熱到現在，怎麼樣？米蘭老兄阿里戈．貝爾先生。

《源氏物語》的筆調，滋潤柔媚得似乎可以不要故事也寫得下去——沒有故事，紫式部擱筆了。

柏拉圖、亞里斯多德，他們好像真的在思想，用肉體用精神來思想，後來的，一代代下來的哲學家，似乎是在調解民事糾紛，或者，準備申請發明專利權。

第一批設計烏托邦的人，是有心人……到近代，那是反烏托邦主義者才是有心人了。

「崇拜」，是宗教的用詞，人與人，不可能有「崇拜者」和「被崇拜者」的關係——居然會接受別人的崇拜，必是個卑劣狂妄的傢伙，去崇拜這種傢伙？

反人文主義者是用鼻子吃麵包，還是要使麵包到肚子裡去。

當「良心」、「靈魂」這種稱謂加之於某個文學家的頭上時，可知那裡已經糟得不堪不堪了。

希臘神話是一大筆美麗得發昏的糊塗帳，這樣糊塗這樣發昏才這樣美麗。

四個使徒四種說法，《新約》真夠意思。耶穌對自己的言行記錄採取旁觀者的態度。

俄羅斯一陣又一陣的文學暴風雪，沒有其他的詞好用了，就用「暴風雪」來形容。

真太無知於奴隸的生、奴隸的死、奴隸的夢了，「敦煌」的莫高窟，是許多奴隸共成的一個奇豔的夢結。

「三百篇」中的男和女，我個個都愛，該我回去，他和她向我走來就不可愛了。

我去德國考察空氣中的音樂成分，結果德國沒有空氣，只有音樂。

意大利的電影不對了，出了事了，人道主義發狂了，人道主義超凡入聖了。

我一開始就不相信甘地有什麼神聖，到一九八四年，偽裝終於剝掉，我正在佩服自己的眼力還真不錯哩。

斷代史不斷，通史不通，史學家多半是二流文學家，三流思想家。

凡是愛才若命的人，都圍在那裡大談其拿破崙。

希特勒才是一把鐵梳子，除了背脊，其他全是牙齒。

「自為」是怎樣的呢，是這樣——凱撒對大風大浪中的水手說：「鎮靜，有凱撒坐在你船上。」

「自在」是怎樣的呢，是這樣——船翻了，凱撒和水手不見了。

鶴立雞群，不是好景觀——豈非同時要看到許多雞嗎。

俳句

水邊新簇小蘆葦　青蛙剛開始叫　那種早晨

村雞午啼　白粉牆下堆著枯稭　三樹桃花盛開

使你快樂的不是你原先想的那個人

雨還在下　全是楊柳

蜜蜂撞玻璃　讀羅馬史　春日午後圖書館

落市的菜場　魚鱗在地　番茄十分疲倦

鳥語　晴了　先做什麼

帶露水的火車和帶露水的薔薇雖然不一樣

春朝把蕓薹煮了　晾在竹竿上　為夏天的粥

路上一輛一輛的車　很有個性

也不是戰爭年代　一封讀了十遍的信　這信
青青河畔草　足矣
獄中的鼠　引得囚徒們羨慕不止
在病床上覺得來探望的人都粗聲大氣
流過來的溪水　因而流過去了
江南是綠　石階也綠　總像剛下過雨
蟬聲止息　遠山伐木丁丁　蟬又鳴起來

風夜　人已咳不動　咳嗽還要咳

重見何年　十五年前一夜而蒼黃的臉

日晴日日晴　黃塵遮沒了柳色

狗尾草在風裡顫抖　在風裡狗尾草不停地顫抖

開始是靜　靜得不是靜了　披衣出門

夏雨後路面發散的氣息　也撩人綺思

後來常常會對自己說　這樣就是幸福了
用過一夏的扇子氽在骯髒的河水上
還沒分別　已在心裡寫信
北方的鐵路橫過濃黑的小鎮　就只酒店裡有燈光
月亮升高　纖秀的枯枝一起影在冰河上
我的童年　還可以聽到千年相傳的柝聲
那時也是春夜所以每年都如期想起來

一個小孩走在大路上　還這麼小　誰家的啊

傍晚　走廊裡的木屐聲　過去了

那許多雨　應該打在荷葉上似的落下來

小小紅蜻蜓的纖麗　使我安謐地一驚

摸著門鉸鏈塗了點油　夜寂寂　母親睡在隔壁

與我口唇相距三釐米的　還只是奢望

伴隨了兩天　猶在想念你
一個大都市　顯得懶洋洋的時候　我理解它了
車站話別　感謝我帶著鬍髭去送行
劍橋日暮　小杯阿爾及爾黑咖啡　興奮即是疲倦
又從頭拾回把檸檬汁擠在牡蠣上的日子
草地遊樂場上　有的是多餘的尖叫
艷艷夏夜　回來時　吉卜賽還在樹下舉燈算命

教堂的尖頂的消失　永遠在那裡消失

飛鏢刺氣球的金髮少年　一副囊括所有青春的模樣

旋轉旋轉　各種驚險娛樂　滿地屍腸般的電纜

聽說巴黎郊外的老一輩人　尚能懂得食品的警句

希臘的貼在身上的古典　那是會一直古典下去的古典

他忘掉了他是比她還可愛得心酸的人

那燈　照著吉卜賽荒涼的胸口　她代人回憶

紫丁香開在樓下　我在樓上　急於要寫信似的

再回頭看那人並不真美麗我就接下去想自己的事了

大西洋晨風　彷彿聞到遠得不能再遠的香氣

細雨撲面　如果在快樂中　快樂增一倍

今天是美國大選的日子　我這裡靜極了

那明信片上的是去年的櫻花　櫻花又開了

漢藍天　唐綠地　彼之五石散即我的咖啡

久無消息　來了明信片　一個安徒生坐在木椅上

為何矇然不知中國食品的精緻是一種中國頹廢

這傢伙　華格納似的走了過來

送我一盆含羞草　不過她是西班牙舞孃

在波士頓三天　便想念紐約　已經只有紐約最親的了

又在流行燭光晚餐　多謝君子不忘其舊
那個在希臘烤肉攤上低頭吃圓薄餅的男人多半是我
闃無一人的修道院寂靜濃得我微醺
讀英格麗・褒曼傳　想起自己的好多蒼翠往事
正欲交談　被打擾了　後來遇見的都不是了
壁爐前供幾條永遠不燒的松柴的那種古典呵
為何廢墟總是這樣的使我目不暇給

風夜的街　幾片報紙貼地爭飛　真怕自己也是其中之一

開車日久　車身稍一觸及異物　全像碰著我的肌膚

兩條唱槽合併的殘傷者的愛情誓言

我於你一如白牆上的搖曳樹影

雪花著地即非花

朝夕相對的是新聞紙包起來的地球

我是病人　你是有病的醫生　反之亦然

表面上浮著無限深意的東西最魅人

照著老嫗　照著鞦韆公園的日光

誰都可以寫出一本扣人心弦的回憶錄來

我與世界的勃谿　不再是情人間的爭吵

慵困的日子　窗前蔦蘿比我有為得多

只有木槿花是捲成含苞狀　然後凋落

橢圓形的鏡中橢圓形的臉

晾在繩索上的衣裳們　一起從午後談到傍晚

信知賢德的是欲樂潮平後的真摯絮語

永恆　也不可愛　無盡的呆愣

世上所有的鐘　突然同時響起來　也沒有什麼

我們知道窗外景致極美　我們沒有拉開簾幔

新的建築不說話　舊的建築會說話

衰老的伴侶坐在櫻花下　以櫻花為主

溫帶的每個季節之初　都有其神聖氣象

藍繡球花之藍　藍得我對它呆吸了半支菸

植物的驕傲　我是受得了的

午夜的流泉　在石上分成三股

遠處漠漠噪聲和諧滾動低鳴　都是青春

黑森林　不是黑的森林

家宅草坪上石雕耶穌天天在那裡

其實快樂總是小的　緊的　一閃一閃的

幼者的稚趣之美是引取慈愛的騙局

難忘的只剩是萊茵河鯉魚的美味

黑夜中渡船離岸　菸頭紅星　是人

鄉村暮色中野燒枯稭的煙香令人銷魂

幸虧夢境的你不是你　我也畢竟不是我

一天到晚游泳的魚啊

冰箱中的葡萄捧出來吊在窗口陽光中　做彌撒似的

夏未央　秋蟲的繁音已使夜色震顫不定

冬日村姑的豔色布衫　四周仍然是荒漠

桃花汛來青山夾峙中乘流而下竹筏上的美少年

但是有些人的臉　醜得像一樁冤案

山村夤夜　急急叩門聲　雖然是鄰家的

乏味　是最後一種味

滿目濃濃淡淡的傖俗韻事

路上行人　未必提包而無不隨身帶著一段故事

忽然　像是聞到濕的肩膀的氣味

漫漫災劫　那種族的人　都有一張斷壁頹垣的臉
記憶裡的中國　唯山川草木葆蘊人文主義精髓
已錯得鞋子穿在襪子裡了
瞑目　覆身　悠遠而瀰漫的體溫
我尊敬杏仁胡椒芥末薑和薄荷
誰都記得醫院走廊上那片斜角的淡白陽光
真像上個世紀的燈塔看守者那樣熱心於讀報麼

冬天的板煙斗　溫如小鳥在握

後來月光照在河灘的淤泥上　熔銀似的

鄉鎮夜靜　窗鉤因風咿呀　胸脯麥田般起伏

久不見穿過木雕細櫺投落在青磚地上的精美陽光

習慣於灰色的星期日　那六天也非黑白分明

孤獨是神性　一半總是的

蓬頭瘦女孩　蹲在汙水溝邊　仔仔細細刷牙齒
黃塵蔽天的北地之春　楊柳桃花是一番掙扎
寂寞是自然
好　撞在這個不言而喻都變成言而不喻的世紀上了
一天比一天柔腸百轉地冷酷起來
那個不看路牌不看門號就走進去的地方
我所歆享的　都是從朋友身上彈回來的歡樂

總是那些與我無關的事迫使我竭力思考
我有童年　火車飛機也有童年　都很醜的
小路彎彎地直著消失了　羊群隨之而不見
柳樹似的把我的偏見一條條綠起來掛下來
爬蟲游魚　飛禽走獸　也常常發呆
包裝杯盤的空匣子扔在路角

白帽髒得不堪時　還是叫它白帽

蒼翠茂林中的幾枝高高的枯木　雨後分外勁黑

搖呀搖的年輕人的步姿　總因為時間銀行裡存款多

市郊小商店裡廉價的洛可可銅床　豪華死了

風景　風景嗎　風景在人體上

人們習慣於把一隻自己的手放在自己的另一隻手上

秋午的街　無言的夫妻走著　孩子睡在推車裡

少年人的那種充滿希望的清瘦

靛藍而泛白的石洗牛仔褲是悅目的　那是中年人的愛

每天每天　在尋找一輛聖潔美麗的垃圾車

兩個多情的人　一間濱海的小屋　夜而不愛

秋初疲倦　秋深興奮起來　那些樹葉

廚房寂寂　一個女人若有所思地剝著豆子

麻雀跳著走　很必然似的

孩子靜靜玩　青年悄悄話　老人脈脈相對

誰也不免有時像一輛開得飛快的撞癟了的汽車

他說　他有三次初戀

光陰改變著一切　也改變人的性情　不幸我是例外

余嗜淡　嘗一小匙洛可可

胖子和瘦子　難免要忘我地走在一起

常在悲劇的邊沿抽紙菸　小規模地迴腸蕩氣

人之一生　必須說清楚的話實在不多

我曾是一隻做牛做馬的閒雲野鶴

能與當年拜占庭媲美的是《伽藍記》中的洛陽呀

坐在墓園中　四面都是耶穌

我好久沒有以小步緊跑去迎接一個人的那種快樂了

那時的我　手拿半只橙子　一臉地中海的陽光

自身的毛髮是人體最佳飾物

可惜宗教無能於拯救人類和上帝　可惜

善則相思即披衣　惡則雞犬不相聞

萬木參天　闃無人影　此片刻我自視為森林之王

全身鎧甲在古堡中嗑堅果吃龍蝦的騎士們啊

現代比古代寂寞得多了

又是那種天性庸瑣而鬼使神差地多讀了幾本書的人吧

余取雄辯家的抿唇一笑

極幽極微的有些什麼聲音　那是通俗的靜

我常常看到　你也常常看到造物者的敗筆嗎

曼哈頓大街人人打扮入時　誰也不看誰又都是看見了的

沒腳沒翅的真理　爭論一起　它就遠走高飛

甘美清涼的是情侶間剛剛解釋清楚的那分誤會

常說的中國江南　應分有骨的江南　無骨的江南

九十五歲的大鋼琴家魯賓斯坦　一雙手枯萎了

萬頭攢動火樹銀花之處不必找我

上帝真是狡獪而無惡意的嗎　你這個愛因斯坦哪

一長段無理的沉默之後　來的總是噩耗凶訊

我寵愛那種書卷氣中透出來的草莽氣

草莽氣中透出來的書卷氣也使我驚醉

這些異邦人在想什麼啊

地下鐵好讀書　各色人種的臉是平裝精裝書

我的臉也時常像街角掉了長短針的鐘面

靈感之句　是指能激起別人的靈感的那種句子

那個極像玫瑰花的傢伙真的一點也不像了

在寂靜而微風之中寫作　是個這樣的人

當你不知如何是好的時候我正打算遷徙
今天上帝不在家　去西班牙看那玩藝去了
比幸福　我不參加　比不幸　也不參加
因為喜歡樸素所以喜歡華麗
又在威尼斯過了一個不狂不歡的狂歡節
如欲相見　我在各種悲喜交集處
能做的事就只是長途跋涉的歸真返璞

風言

「溫柔敦厚」，好！

也別怕「尖」和「薄」，試看拈針繡花，針尖、緞薄，繡出好一派溫柔敦厚。

偉大的藝術常是裸體的，雕塑如此，文學何嘗不如此。

中國文學，有許多是「服裝文學」，內裡乾癟得很，甚至槁骨一具，全靠古裝、時裝、官服、軍服，裹著撐著的。

有血肉之軀，能天真相見的文學，如果還要比服裝，也是可嘉的，那就得拿出款式來；亂穿一氣，不是腳色。

三十年代有一種「文明戲」，南腔北調，古衫洋履，二度梅加毛毛雨，賣油郎 and 茶花女，反正隨心所欲，自由極了。不見「文明戲」久矣，在文學上好像還有這種東西。

「鑑賞力」，和「創作力」一樣，也會衰退的。

濫情的範疇正在擴散，濫風景、濫鄉心、濫典、濫史、濫儒、濫禪……

人的五官，稍異位置，即有美醜之分，文章修辭亦當作如是觀。

時下屢見名篇，字字明晫，句句皓齒，以致眼中長牙，牙上有眼，連標點也淚滴似的。

把文學裝在文學裡，這樣的人愈來愈多了。

「文學」是個形式，內涵是無所謂「文學」的。

有人喜悅鈕子之美，穿了一身鈕子。

從「文學」到「文學」，行不多時，坐下來了——水已盡，沒見雲起……在看什麼？看自己的指甲。

貪小的人往往在暗笑別人貪大——尤其在文學上，因為彼等認定「小」，才是文學；「大」，就不是文學了。

也有貪大貪得大而無當乃至大而無襠者，那是市井笑話非復文壇軼話了。

五四以來，許多文學作品之所以不成熟，原因是作者的「人」沒有成熟。

當年「西風東漸」，吹得乍卸古衣冠的「中國文學」紛紛感冒。半個世紀過去，還時聞陣陣咳嗽，不明底細的人以為蛙鼓競噪，春天來了。

為了確保「現代的風雅」，智者言必稱「性感」，行必循佛洛伊德的通幽曲徑，就像今天早晨人類剛剛發現胯間有異，昨日傍晚新出版《精神分析學》似的。

在走，在走火，走火入魔，走火出魔。

更多的是火也沒有走，入了魔了。

評論家是怎樣的呢，是這樣——他拍拍海克力斯的肩：「你身體不錯。」他又摸摸阿波羅的臉：「你長相不俗。」因為他認定自己膂力最大，模樣兒最俊。

文學是什麼，文學家是什麼，文學是對文學家這個人的一番終身教育。

之所以時常不免涉及古事古人，可憐，再不說說，就快要沒有「後之視今亦猶今之視昔」的座標感了。

亦偶逢有道古人古事者，霆然心喜，走近聽了幾句，知是「古錢牌」功夫鞋的推銷員。

在三十世紀的人的眼裡，二十世紀最脫離現實的藝術作品，也是二十世紀的一則寫照。

「知性」與「存在」之間的「明視距離」，古代不遠，中世遠了些，近紀愈來愈遠。

為地球攝影，得在太空行事。雖然這個比喻嫌粗鄙。

時至今日，不以世界的、歷史的眼光來看區域的、實際的事物，是無法得其要領的——有人笑我：「用大字眼！」我也笑，笑問：「你敢用？」

情理之中，意料之外。這是昨日之藝術。

情理之中之中，意料之外之外。這是今日之藝術。

明日之藝術呢，再加幾個「之中」「之外」。

再加呀。

有鑑於聖佩夫醫福樓拜、福樓拜醫莫泊桑，有鑑於書評家法蘭克・史文勒頓之醫葛拉罕・格林，用足了狼虎之藥，格林到八十歲還感德不盡……

宜設「文學醫院」。

「文學醫院」門庭若市，出院者至少不致再寫出「倒也能幫助我恢復了心理的極度的疲乏」這樣的句子來。

如果，是別人寫了一部《紅樓夢》，曹雪芹會不會成為畢生考證研究《紅樓夢》的大學者。

批評家的態度，第一要冷靜。第二要熱誠。第三要善於罵見鬼去吧的那種瀟灑。第四，第四要有愴然而涕下的那種潑辣。

有人，說：其他的我全懂，就只不懂幽默。我安慰道：不要緊，其他的全不懂也不要緊。

某現代詩人垂問：宋詞，到後來，究竟算是什麼了？

答：快樂的悲哀和悲哀的快樂的工藝品。

幾乎什麼都能領會，幾乎什麼都不能領會——人與藝術的關係所幸如此，所不幸如此。

在藝術上他無論如何不是一個實用主義者，而他觸及很多藝術品觸及許多藝術家時，心裡會不住地嘀咕：這有什麼用呢，這有什麼用啊。

「雅」，是個限度，稍逾度，即俗。

這個世界是俗的，然而「俗」有兩類：可耐之俗，不可耐之俗。

逾度的雅，便是不可耐之俗。

曹雪芹精通英、法、德、意、西班牙五國文字，梵文、拉丁文則兩相滾瓜爛熟，就是中文不怎麼樣，差勁。

文學的不朽之作，是夾在鋪天蓋地的速朽之作必朽之作中出現的，誰人不知，誰人又真的知道了。

虛晃一招，是個辦法；虛晃兩招三招，還不失為莫奈何中的辦法；招招虛晃，自始至終虛晃，這算什麼呢。

更滑稽的是旁觀者的喝采。

尤滑稽的是遠裡聽見了喝采聲，就自慶適逢其會，自詡參預其盛了。

以上指的理應是得失寸心知的文章千古事。

大約有兩種，一種是到頭來會昇華為素澹的綺麗，另一種是必將落得靡敝的綺麗。

少年愛綺麗，就看他和她愛的是哪一種。

他忽然笑道：

不再看文章了，看那寫文章的人的臉和手，豈非省事得多。

天性是唯一重要的——單憑天性是不行。

才能，心腸，頭腦，缺一不可。三者難平均；也好，也就此滋生風格。

中國現代文學史，還得由後人來寫（那就不叫「現代」而是以「世紀」來劃分了）。目前已經纂成的，大抵是「文學封神榜」、「文學推背圖」。

舐犢情深或相濡以沫，是一時之德權宜之計，怎麼就執著描寫個沒完沒了；永遠舐下去，長不大？永遠濡下去，不思江寬湖淺？

熱情何用，如果所託非人。德操何取，如果指歸錯了。智能何益，如果藉以肆虐，或被遣使去作孽。

迷路於大道上的人嗤笑迷路於小徑上的人，後者可憐，前者可憐且可恥。

友誼的深度，是雙方本身所具的深度。淺薄者的友誼是無深度可言的。西塞羅他們認為「只有好人之間才會產生友誼」，還是說得太忠厚了。

小災難的疊起而叢集，最易挫鈍一個國族的智力。

凋謝的花，霉爛的果，龍鍾的人，好像都是一種錯誤——既是規律，就非錯誤，然而看起來真好像都是錯誤。

真正聰明的人能使站在他旁邊的人也聰明起來，而且聰明得多了。

愛情是個失傳的命題。愛情原本是一大學問，一大天才；得此學問者多半不具此天才，具此天才者更鮮有得此學問的。

師事，那是以一己的虔誠激起所師者的靈感。

壞人，心裡一貫很平安，在彼看來，一切都是壞的，壞透了——彼還常常由於壞不過人家而深感委屈。

後來，我才明白，開始做一件事的時候，這件事的結局已經或近或遠地炯視著我。

自身的毒素，毒不死自身，此種絕妙的機竅，植物動物從不失靈，人物則有時會失靈，會的，會失靈的。

那人，那些人，只有一點點不具反省力的自知之明。

安諾德以為「詩是人生的批評」。若然，則「批評是人生的詩」，「人生是詩的批評」，「詩的批評是人生」。明擺著的卻是：詩歸詩。批評歸批評。人生歸人生。

一貫說假話的人，忽然說了句真話——那是他開始欺騙自己了。

我所說的誠懇，是指對於物對於觀念的誠懇；能將誠懇付予人的機緣，愈來愈少。

不幸中之幸中之不幸中之幸中之……

誰能置身於這個規律之外。

理既得，心隨安，請坐，看戲（看自己的戲）。

成功，是差一點就失敗了的意思。

任何一項盛舉，當它顯得使多數人非常投入的時刻到來，我遁逸的決心便傲爾躩起。

人的快樂，多半是自以為快樂。

植物動物，如果快樂，真快樂。

蘇格蘭詩人繆爾自稱是個負債者，負於人、獸、冬、夏、光、暗、生、死。因而使我悚然自識是個索債者，一路索來，索到繆爾的詩，還不住口住手。

當某種學說逐漸形成體系，它的生命力便趨衰竭。

有人搔首弄姿，穿文學之街過文學之巷……下雨了……那人抖開一把綴滿形容詞的佛骨小花傘，邊轉邊走。

把銀蘋果放在金盤上吧，莎士比亞已經把金蘋果放在銀盤上了。

智力是一種彈力，從早到晚繃得緊緊的人無疑是蠢貨。

一個性格充滿矛盾的人，並沒有什麼，看要看是什麼控制著這些矛盾。

愛情來了也不好去了也不好，不來不去也不好，愛情是麻煩的。

余之所以終生不事評論，只因世上待解之結多得無法擇其尤。有許多壞事，都是原來完全可以輕易辨好的事。

比喻到了盡頭，很糟糕——一隻跳蚤擁有百件華袍，一件華袍爬著百隻跳蚤。

快樂是吞嚥的，悲哀是咀嚼的；如果咀嚼快樂，會嚼出悲哀來。

人類文化史，一言以蔽之……自作多情，自作無情。

大義凜然，人們著眼於大義，我著眼於凜然。

其實世界上最可愛的是花生米。

若有人不認同此一論點，那麼，花生醬如何。

當我從社交場中悄然逸出，驅車往動物園馳去時，心情就一路霽悅起來。

先天下之憂而憂而樂
後天下之樂而樂而憂
（既有識見如此，怎不令人高興。）
（居然謙德若是，實在使我痛惜。）

安德烈・紀德大概有點不舒服了，所以說：
「別人比成功，我願比持久。」
至少這句話是可以持久的。

看來普魯斯特比喬伊斯持久。看來莎士比亞還要持久——他誠懇。

要使福樓拜佩服真不容易，然而他折倒於托爾斯泰，兼及屠格涅夫。

托爾斯泰呢，力讚狄更斯。狄更斯呢，福樓拜說他根本不會寫小說，因為一點也不懂藝術。

就這樣——不這樣又怎麼樣。

也不是伏爾泰一人參悟精微的悲觀使人穎慧曠達仁慈，粗疏的樂觀使人悖謬偏激殘暴。歷史中多的是大大小小的實例——明乎此，然後一轉背，便是可見的未來。

已經有那麼多的藝術成果，那麼多那麼多那麼多，足夠消受納福到世界末日。

全球從此停止造作藝術，倒會氣象清澄些。

那些自以為「開門見山」的人，我注視了——門也沒有，山也沒有。

可以分一分，既然弄糊塗了，分一分吧：
有些人愛藝術品，有些人愛藝術。

好些事，本是知道的，後來怎麼不知道了，現在又知道了——
人類文化史應該這樣寫。

上了一些當。
以後還是會上當的，不過那些當不上了。

知足常樂，說的是十個手指。

生活的過程，是個自我教育的過程。常常流於無效的自我教育的過程。然而總得是個自我教育的過程。

寵譽不足驚，它不過是與凌辱相反，如已那般熟知於凌辱，怎會陌生於寵譽呢。

在新聞紙一角看到：

「……世界上愛好真理的男人女人……」

我大為吃驚。

懷疑主義者其實都是有信仰的人……噓，別嚷嚷。

此時此地，念及尼采，並非原來那個尼采。早有人說尼采主義存在於尼采之前，我指的是尼采主義之前的那個太樸初散的尼采，亦即尼采之後的透視尼采之大不足的那個尼采。

當九個人呢喃「溫柔敦厚」的夜晚，至少一個人呼嘯「雄猛精進」——總共只有十個人哪。

輯三

上當

把都市稱為「第二自然」，混凝土森林，玻璃山，金屬雲……愈說愈不像話。

所謂自然，是對非自然而言，第二自然是沒有的。文明創造了人工，或曰人工創造了文明。人工可以搬弄一些自然因素，煞有介事；百貨公司裡的大瀑布，耶誕節櫥窗中的雪景，蠟製水果，紙作花，布娃娃……不是第二第三自然。

現代文明表現在生活節目上，最佳效果在於「交通」，人與物的運輸和訊與息的傳遞，節省了多少光陰。回想古代人的跋山涉水，車馬的勞頓，舟楫的憂悶，誤了大事，出了悲劇。愛因斯坦也認為現代人在航行通訊上做得還不錯，值得向五千年後的人類說一說，其他呢，愛因斯坦發了點脾氣，發給五千年後的人類看，意思是但願他們看到我們的荒謬、自作孽，感到奇怪（那就好了）。

這種給後世人寫信的「設計」，是浪漫主義的。

都道浪漫主義過去久矣——浪漫主義還在，還無孔不入，蔓延到宇宙中去了。大學者們一臉一臉冷靜冷淡地談論它，全沒有想到：不是浪漫主義不是人。

青年想戀愛，中年想旅遊，老年想長壽，不是浪漫主義是什麼。

本來這樣也很好，可是都市、上班族、公寓、超級市場、地下鐵，都不浪漫。

住在匣子中真無趣，罐頭食品真乏味，按時作息真不是人，一年四季有葡萄西瓜真不稀奇，沒有地平線海平線真不能胸襟開闊。

這是個代替品的時代，愛情的代替品、友誼的代替品、現成真理、商標微笑、封面女郎男郎、頭號標題新聞、真空藝術、防腐劑永恆、犯罪指南……

必不可少的空氣調節器，失掉了季節感，季候風。「山高月小」是指摩天樓頂上的一塊亮斑，「水落石出」無非因為街角噴泉出了故障。現代沒有英雄神話，只有許多冠軍，第一獎獲得者，啤酒泡沫般的暢銷書。

中世紀是黑暗的。但有人告訴我：如果我是當時的流浪漢，南歐或北歐都一樣，走累了，坐在某家農民的門口，頭戴圓帽的老婦人（在圖畫中還可以看到的那種光輪般的帽子）一聲不響用木碗盛了新鮮的牛奶，雙手端給我，我便喝了，對她笑，她對我笑，我起身上路，她進屋去，就這樣。

那豈不是還是中世紀好，說它黑暗，史學家們一起寫它黑暗，沉甸甸的史書中，怎麼不見這位老婦人，這個流浪漢。

文學家應該著力補一補史學家的不足，否則我們真是上當了。

但願

「荒謬只是起點，而非終點。」卡繆曾經這樣說。

一個以文學藝術成了功出了名的人，即使人格十分完美，作品卻不是件件皆臻上乘，難免有中乘的、下乘的。「荒謬之神」笑咪咪地走過來，目光落在下乘之作上，簽名！只要那個出了名的人簽了名，再糟的東西也就價值連城。

整個世界藝術寶庫中，有多多少少東西其實是巨匠大師的不經心之作，本該是自我否定了的，我們不會看見聽到的。難得有幾位高尚其事的藝術家，真正做到了潔身自好，把不足道的作品在生前銷毀，這是自貞，是節操，是對別人的尊重。據說米開朗基羅是將許多草稿燒掉了的，托爾斯泰也十分講究，福樓拜沒有留下次品——這才夠藝術家。

藝術在於「質」，不在於「量」。波提切利憑《維納斯的誕生》和《春》，足夠立於美術史上的不敗之地。可歎的卻是有這樣的日記出現在某文豪的精裝本全集中：「晨起，飲豆漿一碗。晚，溫水濯足，入寢。」

世上偉大的藝術品已不算少，每次大戰，慌於保藏，如果真的末日到來，真要先為之發狂了。

然而大師的廢物也真多，占了那麼寶貴的地盤，耗去那麼多的人力物力，更有人把廢物奉為瑰寶，反而模糊了大師的真面目。

鑑定家做了很多有意義的工作，卻也做了廢物的保證人，再低劣的東西，出於誰手就是誰的；作為收藏者的個人或國家，也就此理得心安，全沒想到他們擁有的原來是廢物。

如果人類真的會進化，那麼進化到某一高度，大師們的廢物會得到清除，以慰大師的在天之靈——那時的圖書館、美術館、博物館，氣象澄清，穆穆雍雍，出現了天堂般的純粹。

清除了的廢物，納入電腦系統，供必要時查考。每一代的年輕人都常有失去自信的時候，在此危機中，教師可帶他們去看看，意思是：一日之能畫，不足以言一生之能畫，一日之不能畫，不足以言一生之不能畫，餘類推，等等。

現在卻混亂得很，隨時可以遇到堂而皇之的當道廢物，為大師傷心，為欣賞者叫屈，為收藏家呼冤，有時不免啞然失笑。托爾斯泰老是擔心如果耶穌忽然來到俄羅斯的鄉村，這便如何是好？我擔心的是外星球的來客會說：「你們好像很愛藝術，就是還不知如何去愛。」

這是無數荒謬事實中最文雅幽祕的一大荒謬事實，因為其他的荒謬太直接相關利害，所以這種荒謬就想也沒有去想一想。

這個世紀，是暈頭轉向的世紀，接著要來的世紀，也差不多如此。該朽的和該不朽的同在，這不是寬容，而是苟且。我們在倫理、政治的關係上已經苟且偷安得夠了，還要在藝術、哲學的關係上苟且偷安——可憐。

但願卡繆說得對，雖然他死於荒謬的車禍。

福氣

從前，有很多人，是美術家，說了關於美術的很多話，有一句始終沒說：美術是第二自然。

所有已經說了的，用盡詞藻比喻詭辯術玄學邏輯而說了的話，加在一起，就是這句「美術是第二自然」。

這個夢作得好長，夢如果不醒，就屬於死，美術沒有這樣，美術屬於生，於是這個把美術認作第二自然的夢醒來了。遲至十九世紀末。

離開通俗的價值觀，就可以說美術比自然高一點。

美術和自然平行是沒有的事。

美術也會比自然低一點。低一點，不是美術了。

因此美術總是比自然高一點。從前也是這樣的。而從前的美術家似乎真的不知道，不知道就誤以為自然總是比美術高，讓以為自然整個兒君臨於整個兒美術之上。所以說，這真是夢。

人活在自然裡，感覺了，動情了，忍不住了——產生古典美術。

人活在自然和讓以為第二自然的美術裡，麻痺了，厭倦了，不耐煩了——產生現代美術。

美術是宿命地不勝任再現自然的。

自然是宿命地不讓美術再現它的。

再現，就不是自然，就不是美術。

也真福氣，古典美術並沒有再現自然，並沒有形成第二自然，古典美術家並沒做錯事，只不過是說錯了話，說錯了話有什麼要緊，話說得不錯，事做錯了，那才是很不好的。

真的

星期一早晨，匆匆忙忙趕程上班的人，彷彿齊心協力製造美妙的合理的世界。

這些那些趕程上班的人都是毫無主見的，即使少數有其主見，用不出來，還是等於毫無主見。

上班，上班，上班，上班。

為某種主見而服役——付出代價的雇人執行其主見的那個呢，多半是可尊敬的利己主義者，利己主義者多半是不擇手段，不擇手段多半是什麼事都做得出來，譬如：製毒販毒，資本壟斷，權力集中，用信仰的名義來殺人，寫幾本禍害一代兩代人的強迫暢銷書……

上班上班上班上班。

必然的王國必然地過去了，自由的王國自由得不肯來，現在是什麼王國呢。這個查之有頭、望不見尾的「現在」……

理想主義者的最大權利是：請放心，永遠可以擁有你的理想。

此外，請按時上班，上班，上班上班，一萬理想主義者為一個利己主義者服役，五十萬利己主義者需要多少理想主義者為其服役——足夠把世界弄成……哪，就是現在這樣子。

旅遊事業公司的廣告是：

「世界各地風光旖旎。」

這話也是真的。

再說

中國的文士在世界上嚶嚶求友，說，還是與法國文士能意趣相投，莫逆、通脫，在於風雅，云云。

紀德，梵樂希，當年都有中國朋友。據中國朋友的記述：當時談來極為融融泄泄，別後還通訊，贈書，等等。那是很可喜的，很可懷念的文壇往事。後來，紀德的中國朋友，驚人地作為了一番：出賣紀德，誣言紀德毒害了他，才弄得他去毒害別人（他想活自己的命，紀德那時已經逝去）。可悲可笑的是，如果他不這樣做，也能活命的，他這樣做了，也沒有得到誥賞，而且很快就死了——他取的是下策，而且失策……梵樂希的中國朋友則沒沒無聞，後來更沒沒無聞，原因倒並非「聊乘化以歸盡，樂夫天命復奚疑」。不是的，原因是一直寫不好詩，寫不好文，長年懶怠，以賣老告終，賣價很低。不過他常說：梵樂希曾與他一同散步，曾當他的面表示傾倒於陶淵明——我想，也可能有這樣的情況發生。

梵樂希稱頌陶淵明：陶淵明的樸素是一種大富翁的樸素——我聽了不能不高興，繼之不能不懷疑，梵樂希先生是否體識陶淵明先生的哀傷。

陶淵明的境界常使我憂愁，總有什麼事故干擾他的，世界早已是這樣地平靜不了半天，而且，自己會干擾自己。飲酒，為的是先平靜了自己再說。

我們已經瀟灑不來了。
「以後再說吧。」這話算是最瀟灑的了。

很好

昨天我和她坐在街頭的噴泉邊，五月的天氣已很熱了，剛買來的一袋櫻桃也不好吃，我們抽著菸，「應該少抽菸才對。」滿街的人來來往往，她信口歎問：「生命是什麼呵？」我脫口答道：「生命是時時刻刻不知如何是好。」（無言相對了片刻）她舉手指指街面，指指石階上的狗和鴿子，自言自語：「真是一隻隻都不知如何是好，細想，細看，誰都正處在不知如何是好之中，櫻桃怎麼辦，扔了吧，我這二十年來的不知如何是好，夠證實你又偏偏說對了。」——我不需要進而發揮這個論點。

兒時，我最喜歡的不是糖果玩具，而是逃學、看戲。青春歲月，我最喜歡的不是愛情友誼，而是迴避現實、一味夢想……中年被幽囚在積水的地窖中，那是「文字獄」，我便在一盞最小號的桅燈下，不停地作曲，即使獄卒發現了，至多沒收樂譜，不致請個交響樂隊來試奏以定罪孽深重之程度。

終於我意外地必然地飛離亞細亞，光陰如箭，二十世紀暮色蒼茫了，我在新大陸還是日夜逃、避，逃過搶劫、兇殺，避開疱疹、愛滋——我這輩子，豈非都在逃避，反之，災禍又何其無時不在無處不在。

她聽了我這樣的自訴，藹然地稱讚道：

「你是一個很好的悲觀主義者。」

智蛙

宇宙在擴張抑在收縮，測算上是「擴張說」占上風。

宇宙在擴張同時在收縮——這是玄學邏輯。也未必是玄學邏輯。

俄國鋼琴家湼高茲發現樂曲中如果有一段是快節奏，另一段是慢節奏，那麼快慢的時值往往是正好互補為均等。

冥冥之中，有一律令，它以得為失，以失為得。

宇宙不付出，不收入，無盈餘，無虧損。如果可知的宇宙消失了，那是它入了不可知的宇宙。可知與不可知是人的分說，宇宙無可知，無不可知。

人類最像是靠退化來作成進化的。與生俱來的東西退化一分，就換得一分進化。到了把與生俱來的東西退化完了，就沒有什麼東西可以用來換取進化了。

從岩層中發現萬年前的青蛙，和現在的青蛙一模一樣，它沒有花費與生俱來的東西。

有神論認為我們失的多，得的少。

無神論認為我們全是得的，沒有失可言。

我所認知的是，失去的東西有適意的，有逆意的；得到的東西有逆意的，有適意的——又符合冥冥之中的無字無款的律令。

真是一點也不能自作主張麼。

瘋樹

有四季之分的地域，多楓、槭、檞等落葉喬木的所在——那裡有個瘋子，一群瘋子。

每年的色彩消費量是有定額的。

由陽光、空氣、水分、泥土聯合支付給植物。它們有淡絳淡綠的童裝，蒼翠加五彩的青春衣裳，玄黃灰褐的老來服，也是殮衾。

它們就在露天更衣，在我們不經意中，各自濟濟楚楚，一無遺漏。

每年的四季都是新來客，全然陌生，毫無經驗。以致「春」小心從事，東一點點紅，西一點點綠，「春」在考慮：下面還有三個季節，別用得不夠了。就在已經形成的色調上，塗塗開，加加濃——這是「夏」。

涼風一吹，如夢初醒般地發覺還有這麼多的顏色沒有用，尤其是紅和黃（「春」和「夏」都重用了青與綠，剩下太多的黃、紅，交給花是來不及了，只好交給葉子）。

像是隔年要作廢，尤其像不用完要受罰，「秋」濫用顏色了——樹上、地上，紅、黃、橙、赭、紫……揮霍無度，濃濃豔豔，實在用不完了。

我望望這棵滿是黃葉的大樹，懷疑：真是成千成萬片葉子都黃了嗎——全都黃了，樹下還積著無數黃葉。

一棵紅葉的大樹也這樣。
一棵又黃又紅的大樹也不保留春夏的綠。
就是這些樹從春到夏一直在這裡，我不注意，忽然，這樣全黃全紅整身招搖在陽光中（鳥在遠裡叫）。
這些樹瘋了。
（開一花，結一果，無不慢慢來，枇杷花開於九月，翌年五月才成枇杷果。）
這些樹豈不是瘋了。這秋色明明是不顧死活地豪華一場，所以接下來的必然是敗隳——不必抱怨（興已盡，色彩用完了）。
如此則常綠樹是寂寞的聖賢，簡直不該是植物。
如此則這些瘋樹有點類似中年人的稚氣，中年人的戀情——這流俗的悄悄話，不便多說。就是像。
一棵兩棵瘋黃瘋紅的樹已是這樣，成群成林的瘋樹……

我是第一個發現「大自然是瘋子」的人嗎？
那些樹是瘋了。
那些樹真是瘋了。

不絕

一個半世紀采聲不絕，是為了一位法國智者說出一句很通俗的話：人格即風格。十八十九世紀還是這樣的真誠良善。

近代，愈來愈近的耳鬢廝磨的近代，Buffon 這句話聽不到了，淡忘？失義？錯了？

從前的藝術家的風格，都是徐徐徐徐形成的，自然發育，有點受日月之精華的樣子。地球大，人口少，光陰慢，物質和精神整個兒鬆鬆寬寬瀟瀟灑灑，所以：人格即風格。

當那時的藝術家或夭折或壽終之後，大家看其聽其遺留下來或少或多的作品，回想他的或短或長的一生言行，作了或太息或讚美的定論——於是：人格即風格。

近到耳鬢廝磨的近代，好像人格不即風格了。

又好像近代人是無所謂格不格的。

也好像，世界這麼小，人口這麼多，光陰這麼快，物質和精神對流得這麼激烈，人哪能形成格呢。

風格？

風格倒多的是，風格是藝術的牌子、命根子——沒有風格的藝術品是不起眼不起價的。

現代的現代玩藝兒是什麼，是風格的快速強化。

二十世紀後葉的藝術的全面特徵是，撇開人格狂追風格。不能不驚歎真會作出那麼多與人格無關的風格來。然而別慌張失措，布封的公式還是對的。

欠缺內涵的人格即不足持久的風格。

布封這句話到現在方始顯出：一半是祝福，一半是警告。當祝福的滋味出乎布封的意外地窮竭了之後，警告的滋味出乎人們的意外地呈上來了。

我們苦樂難言憂喜參半地活在前人所料而不及的世界上，努力保持寬厚，卻終究變得鍥薄了，再不惕勵，也要落入布封的話的後發的滋味中去的。

棉被

俄羅斯的文學像一床厚棉被。

在沒有火爐沒有水汀的臥房裡，全憑自己的體溫熨暖它，繼而便在它的和煦的包裹中了，一直到早晨，人與被渾然不分似的……這種夜，這種早晨，疇昔的夜疇昔的早晨。

久處於具備空氣調節器的現代住宅中，自秋末到春初，只蓋毛毯或羽絨薄衾，輕軟固然是的，不復有深沉歷史感的隆冬寒夜的認知了。

即使是疇昔的隆冬寒夜，睡入別人睡熱的被窩總不及自己睡熱的被來得洽韻，這是不可思議的，也從來沒有人思議的事。翌日起身離床，沒有意識到是一種性質屬於「遺棄」的行為。人對人，真講究，人對物，儘是些出爾反爾的措置。

晴美的冬日，最好是上午，是自己把棉被抱出來，搭在竹竿上，最好是夕照未盡，自己把棉被拍打一番便抱進去，入睡之際，有好聞的氣味無以名之，或可名之為「太陽香」，是羞於告訴旁人或徵詢旁人的。過巨和過細的事物事理，都使人有顧忌，只能在心裡一閃而逝。

俄羅斯的文學究竟像不像厚棉被，而且誰知道他們從前的冬天的臥具是否也以棉絮為主。而且長篇小說怎能和實際的歷史比呢。歷史，又怎能是實際的呢。許多人的生活是各自進行的，又是同時的，又是分散的，誰也不知別人是怎麼樣的，誰也不能把許多人的生活糊在一起寫的——這樣想想倒反而定了：俄羅斯的文學真是像一床厚棉被。

十九世紀的俄羅斯似乎全部是冬天，全部雪，全部夜，全部馬車驛站，全部阿卡奇・阿卡耶維奇，彼得羅夫・彼得羅芙娜，全部過去了，全部在文學之中，靠自己的體溫去熨暖它。

步姿

主啊，你給予我雙眼，使我見所欲見。

主啊，你給予我兩耳，使我聞所願聞。

感謝我主，為我製造同伴，都也有眼有耳，彼此可視可聆、可即可知。

主啊，一切都好，然而人們為何都在做戲，演技劣劣，使我看不下去聽不下去。

人們住在有門的屋子裡，門上有鎖，多至三具。

人們把值錢的東西藏起來，因為有些傢伙以偷竊為職業。

人們把不值錢的東西藏起來，寧可霉爛殆盡，也不願施捨分散，這是為什麼？

德性，慧能，愛心——凡是無法以錢作計算的，就是不值錢的東西，人們為何把一錢不值的東西藏起來？

主啊，他們都在做戲，不讓別人知其一己之真實，掩掩蓋蓋，躲躲閃閃，這是多麼難受。

主啊，請看，已經一個個都是巧言令色之徒了，不同的是伎倆和程度。

甲在乙的面前評價丙：

「丙哪，一味討好敷衍，露骨得肉麻！」

這是因為甲的功夫快要圓熟得別人只見其一片真心，不察其萬般假意。

乙在丙的面前評價甲：

「甲呵，全靠故弄玄虛過日子，否則也就活不了。」

乙是誰呢，他，比黑格爾還要精於吹捧。

主啊，我不多抱怨了，不再憑人們的臉面的表情、語言的達意來判斷他們的內心世界的模式架構層面肌理張力……

（主啊，這些字眼流行得很，沒有這些字眼的時代真不知是怎樣過來的，噢，還有一個「媒體」。）

主啊，我的眼，我的耳，將會沒有用了。

主啊，我學會了一種頗有效驗的分析判斷法——

觀察一個人的走路的樣子，簡稱「步姿」，全稱是：

「一個人在平地上用僅有的兩隻腳使自己向前進行時的全身動作。」

這是最說明人的本性本質的，我考究歷四十年，歸納為十二大類，圖解六百八十五頁，實例兩千七百三十三則，書名暫定為「人類步姿比較學發凡」。

主啊！那些導演、演員、劇作家、小說家，全忽略了這個奇妙的現象，他們注重對話、獨白、臉和手的表情，尤其津津樂道一雙眼睛（多蠢！）幾千年忙於容貌和形體的刻畫，偏偏忘掉了兩條腳是最能洩露一個人的內在機密，這是肚臍眼以下的心靈狀況的大量的顯現。

啊，主呀，感謝你給予我眼，使我能呆看別人的步姿而辨賢與不肖，感謝你給予我耳，使我藉跫音便知來者之愚之智之惡之善。

主啊，回想從前，但憑人的臉、人的話，選擇我友我愛，都受騙上當了，我痛苦了一陣，接著，又痛苦，受不完的騙，上不盡的當。

主啊，從此，我再也不看人的臉不聽人的話了，我低著頭走路，這才發現每個人都有兩隻腳，腳連著小腿，小腿連著大腿，它們動，一步一步，時快時慢，都毫無掩飾地宣示了包藏在整個軀殼中的禍心或良心。

主啊，就這樣，我憑「步姿」選擇了我友我愛，得到了一些類似幸福的生機生趣，至少受的騙上的當要小些，小得多了，比以前的。

主啊，沒有一種學說堪稱萬能，我不致糊塗到提出「唯步論」。人們的錯，都錯在想以一種學說去解釋去控制所有的東西。

主啊，為什麼沒有萬能的學說呢？

那是因為唯有你是萬能的。

阿門。

新呀

終於在藝術上，談透了「因襲」、「摹仿」的不良、沒志氣、沒出息的大大小小道理之後，誰都沒聲響了。

難道古代的中世的藝術家不是各自追求新的風格嗎，他們沒有被逼迫，誰也未曾遭受在藝術風格上的艱難逼迫，於是乃從容自然，一一成全了自己。

十九世紀後半起，輿論的驅使吆喝，同儕的傾軋踐踏，藝術家本身的膏火自煎巧取力奪，不新奇，毋寧死，死也要揀個出人頭地的死法。從紐約帝國大廈頂上準備一跳驚人，警察奔到高層的陽臺上，仰面大聲勸說，那年輕人聽了片刻，縱身凌空而下……警察昏厥而撲倒……

急功近利的觀念蔓延全世界，並不意味著人和社會的充沛捷活，正是顯露了人和社會的虛浮孱弱——朝不保夕，才努力於以朝保夕，事已至此，必是朝亦不保夕亦不保。急功近利者們是來不及知道悲哀的，所以一個個都很快樂的樣子，樣子。

那古典的，過了時的藝術，當時都是新的，其中格外成功者，一直是拒絕摹仿，不容因襲，一直在透出新意來，怎麼辨呢，它們不肯停止新意的層層透出。

如果現在的藝術也能新，新到未來中去，未來的人看起來覺得新極了——不可能嗎，剛才不是說了，在博物館美術館中不是有不少這樣的藝術品嗎，保存在露天的，地下的，也有不少。新得很，新得不堪不堪，它們自從作出來之後，一新新到未來，我們的現在，就是古藝術家的未來。

拉得太長也沒有意思嗎，相約一百年如何，一件藝術品歷百年依然新個不停。還太長嗎，相約十年如何，何如，還嫌長？那就明天再找朋友，找對手，找冤家相約吧，不，怎麼跟我約，我是那個，那個昏倒在陽臺上的警察啊。

荒年

童年的朋友，猶如童年的衣裳，長大後，不是不願意穿，是無可奈何了。

呼喊那英國詩人回來，請他放棄這個比喻……不知他走到哪裡去了，這首詩也就傳開，來不及收回。

龍的傳人
炎黃子孫
秋海棠的葉子

這是中國的童年，中國的童年時代的話，怪可愛的——為何掛在中國的成年時代的人的嘴邊。

有人說（會說話的人真不少）：「抒情詩是詩的初極和詩的終極。」作為詩的初極時代遙遙地過去了。作為詩的終極時代遙遙地在後面，反烏托邦者幾乎認為是烏托邦裡的事。

我們正處於兩極之間的非抒情詩的時代。

窗外，門外，鬧哄哄的竟是：

龍的噓氣成雲驚世駭俗的景觀，炎黃子孫浩浩蕩蕩密密麻麻的生聚教養的場面，秋海棠葉子愴然涕下的美，美得夜不成寐卻又夢中處處憐芳草……

彷彿在君父的城邦，彷彿在《清明上河圖》中摩肩接踵地走，彷彿億萬堯舜億萬桀紂相對打躬作揖，彷彿孔子在外國的華埠吹奏歌唱，他本是音樂家——彷彿得使人彷彿活在抒情詩的全盛時代。

絕非如此，那「初極」早已逝盡，「終極」尚不在望。兩極之間的汗漫過程中，這樣的稚氣可掬的比喻，實在與二十世紀不配。成年人穿起了童裝。

愛這片秋海棠葉子上的龍的傳人的炎黃子孫喲——該換些形容詞了，難道又像另一個英國詩人說的：

「我們活在形容詞的荒年。」

同在

在都市裡定居的鴿子，大概已屬於家禽類。野鴿的生活如何，我又不知道，總會自己營巢的吧。都市裡的鴿子，有主的，住小木板房，無主的，就只栖宿在屋角、樓頂，或者隨便什麼棚、篷、蓋、斜披、旱橋架之類，毫無情趣，稱不上窩，真不懂牠們何以如此世世代代敷衍度日，不思改善——鴿子是人類的朋友，但沒有成為寵物。

人類害怕戰爭時，便推出鴿子來張皇表彰一番。不信基督教的也認同了創世紀的史實，讓鴿子擔當和平的象徵：凡是鴿子，尤其是白鴿，叼著一枝橄欖葉的白鴿，就是不折不扣的和平，全世界男女老少都知道，唯有鴿子一無所知。

真的打起仗來，戰爭的雙方早就馴養好大批信鴿，傳遞軍事情報，機密訊息。人類信得過鴿子的驚人的視力，驚人的記憶力，驚人的飛翔耐力，而且牠們不會拆讀要件，不會作叛徒。一次、二次世界大戰，鴿子從了軍，一方稱另一方為敵人，鴿子當然是敵鴿。

摩西律法規定：奉獻給神的是，乳鴿一雙。四福音書上一致形容約翰為耶穌施洗之際，上帝是以鴿子的形象顯示聖靈的。

人也殺鴿子，烹成佳餚，取了鴿蛋，以為美味，廣告上說是冬令補品。從鴿子的命運看「世界的荒謬」，已如此昭然若揭：一忽兒是聖靈，一忽兒是祭品，一忽兒是佳餚，一忽兒是天使，一忽兒是奸細，昇平年代則點綴於街角水邊，增添都市風光——人類以鴿子顯出了幻想虛構、巧妙藉詞、貪婪饕餮、刁鑽而又風雅的本性，這是鴿子所不知道的，這也是人類所不自省的，關於鴿子，那算得了什麼。

人們信仰上帝，或者希望有上帝，其實幸虧沒有上帝，否則單就鴿子一案，最後的審判勢必鬧成僵局，人和上帝都是對不起鴿子的。

巴黎早已鴿子成災，屋頂、車頂，撒滿鴿糞。紐約還不致如此。我坐在公園的長椅上，呆看鴿子，牠們雖然種類有別，體重基本相等，這樣不停不息地啄食，倒沒有一隻需要減肥，這又是牠們勝於人類處。既然無所約束，為何不回樹林去，回到原來的大自然中去？鴿子答：「紐約吃食方便，而且沒有鷹隼。」事實是毋須雄辯的，扔在紐約街頭的麵包、披薩、糖納子，五步十步，總是有的，馬的飼料桶中多的是燕麥，老太太特地按時來發放鴿糧，鴿子也不會遭搶劫，這又是牠們勝於人類處。

龐大而複雜的紐約，廣場、地下鐵、大街，無非是人種展覽，拿起照相機隨便一按，白種、黃種、黑種，總是同在。瞑目攝聽，至少同時響著三四種語言。每有希望眾所周知的布告、廣告，即使精通五六國文字、博及其方言的梅里美先生，也未能如數讀完，因為那是用了二十七種文字臻臻至至排出來的。

黑人、猶太人、波多黎各人、盎格魯撒克遜人、中國人、韓國人、日本人、拉丁美洲人、意大利人……麇集在這五個緊靠的島上做什麼？

英國來的朋友對我說：紐約似乎很興奮，倫敦是疲倦的，下午茶也不喝了，說是為了健康，其實是懶呀，沒有好心情。

法國來的朋友對我說：紐約是不景氣中還景氣，至少超級市場裝東西的袋比巴黎爽氣、闊氣。你們的地下鐵乘客未免欠文雅，不過也可以說美國人生命力旺盛吧。

意大利、德國、西班牙來的朋友對我說：紐約食品豐富，滋味是差些，總還是豐富。紐約的畫商真來勁，買畫的富翁富婆也真是瘋了的，這些畫，在我們那邊即使有人看，是沒人問的。

舊金山、洛杉磯、芝加哥、波士頓來的朋友對我說：工作的機會，那是紐約多，我們也曾想到紐約來，現在還是想的——初聽之際，有些得意，多聽，也就麻木不仁。整個歐羅巴的臉有明顯的皺紋，大都市各有各的老態倦容。美國本土的其他地方是不及紐約的潑辣駘蕩，活水湍流。紐約之所以人才薈萃，物華天寶，不是解不了的謎，所以亞太地區人、拉丁美洲人、斯拉夫人，來了，就不走了。

還有少數大科學家大藝術家，那是屬於「先知型」，先知在本鄉是沒有人尊敬的，於是他們離開本鄉本土，到美國來取得人的尊敬。

任何複雜的事物，都有其所謂基本的一點，充滿紐約五島的外國人，不論膚色、血統、移民、非移民，如果看看鴿子，想想自己，都會發笑——無非是這樣，只能是這樣。

要說和平、戰爭、聖靈、奸細等等，那就不能想得太多，比喻不過是比喻，如果二者盡同，那就不用比喻了。

紐約的鴿子與紐約客同在，以馬內利。

笑爬

我把地圖畫，畫好牆上掛，一個螞蟻爬又爬，自從澳大利亞、阿非利加、歐羅巴，一直到阿美利加、亞細亞啊，真是笑話，我還沒有喝完一杯茶，牠的足跡已經遍天下啊，我要請問許多旅行探險家，這樣勇敢迅速有誰及得牠。

這是我童年的歌，女教師按風琴，大家張嘴唱，小孩子不解幽默，地球儀造成的世界概念是渾圓光滑的，比螞蟻的認知力好不了多少，風琴聲一停，歌聲也沒了。如果有誰還唱下去，會引起轟笑。

三十多年後，在監獄中是沒有人不寂寞的，先是什麼都斷了，什麼都想不起來，幾個月挨過，才知道寂寞的深度竟是無底，於是開始背書，背書，絕妙的享受，不幸很快就發覺能背得出的篇章真不多，於是在心中唱歌，唱歌，記憶所及的詞曲竟也少得可憐，兜底搜索，這支兒歌也挖掘出來，有言無聲地唱著，感謝女教師預知她的學生要身繫囹圄，早早授此一曲，三十年後可解寂寞云云。

而且監獄能使人大徹大悟，我推斷出這支兒歌是從外國迻譯來的，這隻螞蟻分明是澳大利亞產，而且爬到亞細亞就不爬了，似乎是死在亞細亞了——我很快樂，因為明白了這支歌之由來，而且認為歌的作者對世界航線不熟悉，反襯出我倒是聰明的，一個自認聰明的人被關在鐵籠子裡，比一個自認為愚笨的人被關在鐵籠子裡，要好受得多——真的，囚徒們看上去不聲不響，什麼都沒有了，其實心裡卻還有一分自信：因為太聰明，才落到如此地步。囚徒們常會悄悄地暗暗地一笑，很得意，認為監獄外面的人都是蠢貨，尤其看不起獄卒，囚徒們有希望釋放出去，死刑也是一種釋放，獄卒卻終生蹀躞在鐵柵鐵門之間……

那隻螞蟻呢，我，我是亞細亞產的，與那隻澳大利亞產的勢必相反方向爬，真是巧，真是宿命，爬出亞細亞，爬到阿美利加、歐羅巴、阿非利加，終於上了澳大利亞。

澳大利亞住房的門是不鎖不關的，沒有盜賊，是沒有，黑社會所覬覦的是大宗勒索對象，亞細亞螞蟻不在他們的眼裡，然而這個國家就是令人說不出地寂寞，總覺得四面都是海水。

我又爬，爬離畢竟不是出生地的澳大利亞，澳大利亞在地圖上看看就很寂寞。

不復以聰明人自居了。喝完一杯茶。真是笑話。

邪念

「十九世紀死了上帝。」

「二十世紀死了人。」

還有什麼可以死的嗎？

兒時過年放爆仗，一個，一個，升天而炸，忘其所以地興奮快樂……一陣子也都放完了，明知沒有剩餘，可總要問：「還有什麼好放的嗎？」

為什麼我聽到上帝的訃告、人的訃告，竟不嚎啕大哭，卻有這種兒時放爆仗的心態？

也許是傳染了外星球來客的怪癖。

也許是祝願置之死地而後生——上帝和人都活轉來（或者，人活轉來，上帝就算了）。

也許是我實在頑劣透頂，總想看白戲。

也許我傷心已極，玉石俱焚，以身殉之。

也許我故態復萌，淨說些俏皮話。

在文學中，在太多的金言蜜語中，還該有人的邪念的實錄，惡棍的自白——否則後幾個世紀的人讀我們這幾個世紀的人寫的文字作品，會懷疑：文學家竟個個是良善正經的？

只有兵法家寫了如何刻毒設計，如何狡獪使人中計，還有馬基雅維利總算坦陳了卑鄙無恥的君王術，但這些都不成其為文學。

但我還是認為人該在文學中赤裸到如實記錄惡念邪思，明明有的東西怎能說沒有呢。

放鬆

兒時的鋼琴老師，意大利米蘭人，費爾伯教授，總是在一旁叫：「放鬆，放鬆！」他自己則手指也塞不進白鍵黑鍵之間，太胖了，我逗他跑步，體操，我也叫：「放鬆，放鬆！」

費爾伯系出意大利名門世家，哲學博士，琴藝雄冠一時，犯了殺人案，漂亮的情殺案，越獄逃亡到中國，獨自漸漸發胖了。後來我才知道了他的誕辰，上午送去一束花，一個蛋糕，他哭個不停，說：沒有人愛他，快死了。下午又哭。

不多久，費爾伯教授逝世，而且還是我旅行回來別人告訴我的，所以沒見他的遺體，沒見他的墳墓。沒有墳墓。

亡命來中國。四十餘年，只收到一束花，一個蛋糕，如此人生，他終於「放鬆」。

跟他學過了十多年，我後來放鬆得不碰鋼琴了，因為十分之三的手指被厄運折斷。事情是這樣。

費爾伯曾經以瘋狂的嚴厲悉心指導我，巴望我到意大利去演奏，叫人聽聽費爾伯博士教出來的鋼琴家是怎樣怎樣的，瞧他那副眉飛色舞的神態，彷彿我已經完全征服了意大利的聽眾似的。

後來我作為遊客，走在米蘭的老街上，沒人問我：「您認識費爾伯先生嗎？」

幸虧是這樣。

某些

春天
柏拉圖是對的
意大利烙餅風靡洛杉磯
中國的詩呢，不扣腳韻以後，就在於統體運韻了。
滲在全首詩的每一個字裡的韻，比格律詩更要小心從事，不復是平仄陰陽的處方配藥了，字與字的韻的契機微妙得陷阱似。真糟糕。

自由詩，這個稱謂好不害臊。自由詩而用腳韻，勿知為什麼，特別傻里八氣，大概反而驚擾了統體的每個字的韻的生態位置的緣故吧。大概是的。

而從前的格律詩中之最上乘者，又倒是特別率性逾格越律的那些作品。嚴謹的工整的句子、篇章，只見其嚴謹非凡工整到家——佩服，總不及感動好；感動中已有了佩服，佩服中有感動嗎，常常是沒有的。

羅蘭夫人到了最後，向人討紙筆，人沒有給她，她只來得及喊那麼一句。那一句，是正義的，廣義的。到了現代，似乎還可以偏而狹之地引來解釋現代「詩」，即春筍般的雨後雷後的某些詩。

意大利的 Pizza 到了美國，化成了紐約披薩、芝加哥披薩、波士頓披薩、洛杉磯披薩，好吧，總之不復是亞述王之御廚的圓桌披薩了。美國的披薩在多起來，中國的詩在多起來。還有什麼東西在多起來呢。

柏拉圖自以為是對的。

春天也從來不肯錯。

認笨

最羡慕神童，自己幼年受夠了愚昧的苦，總是怨命。如果我有神童的十分之一的異稟，那該多麼通氣。

後來老了，無可抵賴地老了，轉而覬覦大器晚成者，也速然絕望，原來必須在青年中年打好足夠的埋伏，才可能發生晚成大器這麼一回事。

每晚睡著便作夢，在夢中我尤其癡騃不堪，失風、失路、失策，夜夜愚不可及。常想問別人：「夢中的您，比醒時的您，哪個更笨？」我至今不敢真的問出來，怕得罪人。

昨晚我夢見與一朋友並步而談，我結結巴巴用西班牙語表達意思，我的西班牙語是再糟糕也沒有了，說得我心亂氣苦……忽然間想起朋友是與我一樣的中國人，而且同故鄉，同小學畢業，於是我用中國語的故鄉話與之暢敘……

聰明人，真快樂，他有時候大聲說：「在這一點上，要算我最聰明了！」旁人只好高興地承認，因為不承認就顯得你度量狹隘。

笨人可憐，笨人最大的快樂是有時候總算有機會插一句：「那麼，我還不是最笨囉？」別人沒有笑，他先笑，看看別人不笑，他也不笑了，咳嗽幾聲。

同樣兩個麵包，兩個同樣的麵包放在我面前，上帝說：「拿呀！」

我說：「拿哪一個呢。」

引喻

伊比鳩魯派（別瞧不起它，這一派始終會被人提到），伊比鳩魯派哲學家盧克萊修神采飛揚地說：

「站在高岸上遙望顛簸於大海中的航船是愉快的，身潛堡壘深處窺看激鬥中的戰場是愉快的，但沒有比攀登於真理的峰頂，俯視來路上的曲折和迷障更愉快的了。」

這段話的前半是荒謬的，對於顛簸在大海中的難船，激鬥在戰場上的亡士，怎能令人愉快呢，我們不致自私殘忍到了樂於作此種全無心肝的旁觀者。

盧克萊修引喻失義，他不及後悔，我代他後悔。

這段話的後半，可以這樣說，回首前塵，曲折迷障歷歷可指，這也只是常情常理常識，未必見得就是上了真理的峰頂——如果這樣就算是真理的峰頂，倒不難……

伊比鳩魯派，至少它的始祖是良性的快樂主義者，品美食、重友誼、善談論，這是可能陽明兼得的，所謂哲學的探索，真理的追求，那就不是他們的事了，其實也不是任何人真能做到的事。

誠實而勤勉的人，都知道，都慢慢知道，哲學和真理有其終點，終點是：沒有哲學沒有真理。誠實而勤勉的人（而且差不多都老了）相對無言，孩童似的，睞著眼，說：是可玩孰不可玩。

於是，含生之靈在其有生之年，重友誼，善談論，且進美食。

怪想

夏末的向晚，與友人看罷《紅心王》，還不欲分別，就走在華盛頓廣場的樹蔭下，芸芸美國眾生（尤其是星期六），似乎都不壞，好則誰能說好呢，不過是男人、女人，都像要就地做愛的樣子。那打球者、耍火棍者，暫時沒有性欲。小孩子認定冰淇淋比生殖器重要。

廣場之邊，沛然擺開新貨舊貨攤，不外乎服裝和飾品，一片繁華荒涼，有幾分繁華，便有幾分荒涼，我友也說：「你這樣形容是可以的。」

我友向來比我容易口渴，兩人坐在長椅上，他就坐不住，奔去買可樂，使我成了一個人。一個人就只好怪想——怎樣來對待華盛頓廣場上這些人呢，怎樣來對待除此之外的數十億人呢，總得持一種態度。

以法官和情郎的混合態度來對待是可以的。

友人回來，吸著可樂，我把剛才所想的，說出了口，而且還隱隱發現自己持這種態度已很長久。他嗯了一聲，吐開吸管：

「把它記下來……除了這一種，而且除了這一種，沒有別的態度可取。」

我友三十歲，男，墨西哥的墨西哥城人，體力和智力完全可以擊敗那個西班牙壞蛋。剛才穿馬路，明明是 Walk，汽車不停，好險！我說：

「一輛汽車對準兩個天才衝過來，差點兒把我們撞死。」

墨西哥人笑，笑，牙齒白亮極了，笑得我不得不辯護：

「我又沒有說誰是天才，那汽車是不好麼！」

他邊笑邊安慰道：

「我是笑你多的是怪想，還能說出來。」

多累

今天不是哥倫布節，是國殤日。不知怎的想起哥倫布，想起與哥倫布毫不相干的那些事。

能說「偉大的性欲」、「高貴的交媾」嗎，不能。那麼「愛情」自始至終是「性」的形而上形而下，愛情的繁華景觀，無非是「性」的變格、變態、變調、變奏。把生理器官的隱顯系統撤除淨盡，再狂熱纏綿的大情人也呆若木雞了。老者殘者的「愛」，那是「德」。是「習慣」。

從前的人，尤其是十八、十九世紀人，把愛情當作事業，奉為神聖，半生半世一生一世就此貢獻上去——在文學中所見太多，便令人暗暗開始鄙薄。

如此忖辨日久，倘若再有霞光萬道的異物劈面而來，不致復萌欣欣向榮的故態了。只會覺得它像橫街上的救火會的銅管樂隊，穿過公園，走在直路上，我被迫聽了半闋進行曲（因為這時我坐在哥倫布公園的長椅上）。

那天是哥倫布節，秋色明麗，紐約市唐人街盡頭的哥倫布公園，一副零落相，說來真為哥倫布大人傷心，下午八時後，此間歹徒出沒，有的行為叫做性強暴，一點愛的潛質也沒有的。

比起來，愛情還算好，還應該減輕對愛情的鄙薄的程度——也許還會發現愛情的範疇中的新大陸，到了那天，那個黃昏，那個夜，夜深了，那人說：「你啊，真是富有哥倫布的精神。」我說：「倒寧願你是哥倫布什麼的。我多累，多危險。」

當那人欲用口唇來撫慰我的眼瞼時，覺察其中雙眸惘然失神，問了：

「在想什麼！」

「決不再以愛情為事業。」我真會這樣說出來的。

那一天，那一夜，即使不是哥倫布節也成了哥倫布節。

呆等

秋天，十一月的晴暖陽光，令人想起春天，蒙田忽然說：

「深思一下吧，撒謊者是這樣的人，他在上帝面前是狂妄的，在凡人面前卻很怯懦。」

余素拙深思，弗明蒙田何所指。

培根忍不住疏釋道：

「因為謊言是面對上帝卻逃避凡人的。」

「那麼，」我說：「那麼他可以重來人間了，不是早就約定，大地上找不到一個誠實者的時候，耶穌就再來。」

蒙田一笑，培根亦一笑。

落葉紛飛，天氣轉冷，壁爐的火光將三個人影映在牆上。

文學和哲學的欺騙性，與蒙田和培根的說法相反，文學和哲學在上帝面前是怯懦的，在凡人面前卻很狂妄。

後來，文學和哲學的欺騙性又轉為它們早早與文學哲學了無干係，卻被人們奉為時髦神聖，如果想去除掉這些東西，就像要家破國亡似的撕打號叫了。

窗外都是雪，十二月廿五日將近，我又不能不冒雪出門選購食品。

蒙田家，貴賓光臨似的闖入五個強盜，主人一席話，他們鞠躬而退。

培根回倫敦後，涉訟敗北，也下野著書了。

（三百年，四百年，僅剩的一個誠實者，使耶穌遲遲不能重來人間，耶穌是守信者，誠實者又不能不誠實。）

卒歲

怨恨之深，無不來自恩情之切。怨恨幾分，且去仔細映對，正是昔日的恩情，一分不差不缺。

如此才知本是沒有怨恨可言的，皆因原先的恩情歷歷可指，在歷歷可指中一片模糊，酸風苦雨交加，街角小電影院中舊片子似的你死我活。

每當有人在我耳畔輕輕甘語，過了幾天，又響起輕輕甘語，我知道，不過是一個仇人來了。

也許這次，唯獨這次天帝厚我，命運將補償我累累的虧損，數十年人倫上的顛沛流離，終於能夠安憩於一個寧謦的懷抱裡，漏底之舟折軸之車，進塢抵站，至少沒有中途傾覆摧毀。

然而這是錯覺，幻覺，二十年前，三十年前，公元前，甚至史前，早已有過這種錯覺幻覺。唯有愛徹全心，愛得自以為毫無空隙了，然後一涓一滴、半絲半縷、由失意到絕望，身外的萬事萬物頓時變色切齒道：你可以去死了。

此時，在我聽來卻是：曾經愛過我的那一個，才可以去死了。

噫，甜甜蜜蜜的仇人，數十年所遇如此者不僅是我。

倉皇起戀

婉轉成讎

從文字看來，也許稱得上剴切簡美，所昭示的事實，卻是可怕之極——確是唯有一見鍾情，慌張失措的愛，才懾人醉人，才幸樂得時刻情願以死赴之，以死明之，行行重行行，自身自心的規律演變，世事世風的劫數運轉，不知不覺、全知全覺地怨了恨了，怨之鏤心恨之刻骨了。

文學還是好的，好在可以藉之說明一些事物，說明一些事理。文學又好在可以講究修辭，能夠臻於精美精緻精良精確。

我已經算是不期然而然自拔於恩怨之上了，明白在情愛的範疇中是決無韜略可施的，為王，為奴，都是虛空，都是捕風。明謀暗算來的幸福，都是汙泥濁水，不入杯盞，日光之下皆覆轍，月光之下皆舊夢。

當一個人歷盡恩仇愛怨之後，重新守身如玉，反過來寧為玉全毋為瓦碎，而且通悟修辭學，即用適當的少量的字，去調理煙塵陡亂的大量人間事——古時候的男人是這樣遣度自己的晚年的，他們雖說我躬不悅，遑恤我後，卻又知優哉游哉聊以卒歲，總之他們是很善於寫作的，一個字一個字地救出自己。救出之後，才平平死去。還有墓誌銘，不用一個愛字不用一個恨字，照樣闡明了畢生經歷，他們真是十分善於寫作的。

後記

還是每天去散步，瓊美卡夏季最好。

樹和草這樣恣意地綠。從不見與我同類的純粹散步者。時有驅車客向我問路，能為之指點，彼此很高興似的——我算是瓊美卡人。

有一項懇切的告誡：當某個環境顯得與你相似時，便不再對你有益。瓊美卡與我日漸相似，然而至少還無害，自牧於樹蔭下草坪上，貪圖的只是幽靜裡的清氣。

南北向的米德蘭主道平坦而低窪，使東西向的支路接口處都有上行的斜坡，坡度不大，且是形成景觀的因素，步行者一點點引力感覺的變化，亦是趣味——有人卻難於上坡。

他推著二輪的購物車，小步欲上坡來，停停頓頓，無力可努而十分努力。成坡的路面約三十公尺，對於他，誠是艱苦歷程。

身材中等，衣褲淡青，因疾病而提前衰老的男子，廣義的美國人——望而知之的就是這些。車上擱著手提箱，還有木板、木框，都小而且薄。

我一瞥見就起疑問，他怎樣來到坡下的？上了坡就到家？這是外出辦事或遊樂？

夕陽光透過米德蘭大道的林叢，照在他傴背上，其實他沒有停頓，是幾公分幾公分地往上進行，以此狀況來與坡的存在作估量，我也感到坡程之漫長了。

平靜，專注，有信心地移著移著，如果他意識到有人旁觀，也不致認為窺其隱私，他沒有餘力顧及與自己上坡無關的細節。

緊步斜過路面而下，我說了。

他不動，臉色安詳，出言喃喃，指自己的耳朵，微聳肩，那麼他是失聰。我改用手勢示意，用目光徵詢他，便見淡漠的唇頰藹然成笑。

試將右臂伸入他左脅、挾緊，使他的體重分到我身上來，我必須稍側，才能用左手去推車子，這就不得不橫著啟步，原以為他受此攙助，便可隨我上坡——一開始動作就知道我想錯了，小病或疲乏的人，才可能附力借力於別人而從事，他是宿疾，胴體和下肢已近僵化，那細小的移步不是他的選擇，是唯一的末技。他瘦瘠，感覺上則比我重，沉重，下墜性的陰重。我只能應和他原來的小步而走，不是走，是移，總比他獨個子上坡要略快一些些。他呢喃問話，我憑猜度而以點頭搖頭來回答他。

首次體識小動作移步的實用況味，平時是每秒鐘一步，這一步，眼下要費七秒許，即以此七個挪動才抵得上尋常的一步。挪動之足的踵，不能超過待動之足的趾，只及腳心，就得調換。他需要這樣，因為只能這樣，我不自然而然地仿效著——紺藍的天，無雲無霞，飛機在高空噴曳白煙，構成廣告字母，那是我感到寂寞而偷偷舉目遠眺了，童年聽課時向窗外的張望，健康人對疾病人的不忠實，德行的宿命的被動性，全出現在我心裡，克制不耐煩，就已是夠不耐煩了。小車受力不均，時而木板滑落，時而提箱傾歪欲墜——我停下來，先得把車子對付掉。

同意。一從他脅間抽回手臂，立刻感到自身的完整矯健，飛快把小車拉到路對面，心想我可以背他或抱他直達坡端，就怕他不信任不樂意，而我自己也嫌惡別人身上的氣息，人老了有一種空洞的異味，動物老了亦如此，枯木、爛鐵、草灰，無不有此種似焦非焦似霉非霉的異味。

改用左手托其腋脅，右臂圍其腰脅，啟動較為順遂些。不復旁騖，一小步一小步運作，心裡重複地勸勉：別多想，總得完成，偶然的，別想，完成，偶然……

終於前面的平路特別的平了，就像以前未曾見過。

他注視我口唇的發音變化，知道我問的是他的「家」，答道：還遠。

再遠也不會遠在瓊美卡之外，何況他的遠近概念與我應是不盡相同。

他只希望再幫助他越過這路到對面去，然後自己回家——表達這個既辭謝又請求的意願時，似乎很費力，以致淚光一閃，暮靄籠著我們，黯艷中感到他是上個世紀的人……小鎮教堂的執事，公務機關的謄錄員，邊境車站的稅吏，鄉村學校的業師……這四周因而也不像美國……我亦隨之與二十世紀脫裂……

我的呆滯使他阢隉不安，振作著連聲道謝，接住車把準備自己過路了。

我也振作，用那種不自覺的靈活使小車迅速到了對面，用力過猛，提箱之類全滑落在草坪上，就扯了根常春藤，把它們綁住在車架上，搖搖，很穩實，這些葉子太裝飾性，使小車顯得不倫不類，像個耶誕禮物。

過路時，真怕有車駛來，暮色已成夜色，萬一事起，我得及早揮手叫喊，我們不能加快迴避，該是車停止，上帝，我們不能做出更多。

猶如渡河，平安抵岸，他看清小車被常春藤纏繞的用意而出聲地笑——就此，就這樣分手吧，夜風拂臉，我自責嗅覺過敏，老人特有的氣息總在鼻端，想起兒時的祖輩，中國以耄耋為轂軸的家……

並立著聽風吹樹葉，我的手被提起，一個灰白的頭低下來——吻手背、手指。

本可就此下坡，卻不自主地走過路面。（小車上的東西有什麼用，到了家，怎樣的家，他的人，他的一生，他的人的一生——所謂心靈的門，不可開，一開就沒有門了……上帝要我們做的是祂做不了的事。）

路燈照明局部綠葉，樹下的他整身呈灰白色，招手，不是揮手——他改變主意了？需要我的護送？

奔回去時筋骨間有那種滑翔的經驗。

還是採用一手托脅一手圍腰的方式——被擺脫了。

他捉住我的手，印唇而不動……涎水流在手背上。

他屏卻我的護送易，我違拒他的感激難，此刻的他，不容挫折——誰也不是施者受者，卻互為施者受者了。

奇異的倦意襲來，唯一的欲念是讓我快些無傷於他的離開。

下坡之際，我回頭，揚臂搖手——以後的他，全然不知。

迎面風來，手背涼涼的，摘片樹葉，覺得不該就此揩拭，那又怎樣才是呢，忽然明白風這樣吹，吹一會，手背也乾了。

夏季我慣穿塑膠底的布面鞋，此時尤感步履勁捷，甚而自識到整個軀肢的骨肉亭勻，走路，徐疾自主，原來走路亦像舞蹈一樣可以從中取樂，厚軟底的粗布鞋彷彿天然地合腳愜意。

藉別人之身，經歷了一場殘疾，他帶著病回去，我痊癒了，而額外得了這分康復的歡忻。

他真像是上個世紀留下來而終於作廢的人質，他的一生，倘若全然平凡，連不幸的遭遇（疾病）也算在平凡裡，可是唯其平凡，引我遐想——這遐想隨處映見我的自私。從前，我的不幸，就曾作過別人的幸運的反襯。雖然很多不幸業已退去，另外的很多不幸還會湧至。可是那天晚上，我走回來時，分明很輕快地慶幸自身機能的健全，而且慶幸的還不止這些。

後來的每天散步，不經此路。日子長了，也就記不清是哪個斜坡。我感到他已不在人世。（上帝要我們做的是祂做不了的事。凡祂能做的，祂必做了。）

瓊美卡與我已太相似，有益和無害是兩回事，不能耽溺於無害而忘思有益。

我將遷出瓊美卡。

木心作品集

瓊美卡隨想錄

作　　者　木　心
總 編 輯　初安民
責任編輯　何宇洋　施淑清
美術編輯　黃昶憲　林麗華
校　　對　何宇洋

發 行 人　張書銘
出　　版　INK 印刻文學生活雜誌出版股份有限公司
新北市中和區建一路249號8樓
電話：02-22281626
傳真：02-22281598
e-mail：ink.book@msa.hinet.net
網　　址　舒讀網http：//www.sudu.cc

法律顧問　巨鼎博達法律事務所
施竣中律師
總 代 理　成陽出版股份有限公司
電　　話　03-3589000（代表號）
傳　　真　03-3556521
郵政劃撥　19785090 印刻文學生活雜誌出版股份有限公司
印　　刷　海王印刷事業股份有限公司

港澳總經銷　泛華發行代理有限公司
地　　址　香港新界將軍澳工業邨駿昌街7號2樓
電　　話　(852) 2798 2220
傳　　真　(852) 2796 5471
網　　址　www.gccd.com.hk

出版日期　2012年7月　初版
2020年2月20日　初版三刷
定　　價　200元
ISBN　978-986-5933-18-0

國家圖書館出版品預行編目資料

瓊美卡隨想錄／木心 著；
--初版,--新北市中和區：INK印刻文學,
2012. 07　面；　公分.
ISBN　978-986-5933-18-0（平裝）
855　　101010557